BoD - Books on Demand

Martina Wissen
Die zarte Seele eines sanften Riesen

Über das Buch

Dies ist die wahre Geschichte meiner Hündin Dina, die mir zehn Jahre ihres Lebens treu zur Seite stand. Sie brachte mich dazu, meine Gabe zu erkennen, und suchte mich als Schreibmedium aus, um ihr Leben aus ihrer Sicht zu erzählen.

Sie erlaubt uns Einblicke in ihre Gefühle, Hoffnungen, Freude, Zuversicht, aber auch Ängste. Sie möchte damit den Menschen die Bedürfnisse der Tiere näherbringen.

Es ist ein emotionales Buch, und meine Hündin war der Meinung: Das ist genau das Richtige, um den Menschen etwas Freude zu bereiten. Ich bin nicht immer gut dabei weggekommen, aber die meisten unserer Späße gingen auf Kosten meiner Mutter.

Es gibt viel zu lachen, und teilweise werden Sie denken: „Typisch Hund! Das könnte meiner sein."

Aber auch die traurigen Erlebnisse haben ihren Platz gefunden. Als Empathin habe ich während des Schreibens sehr viele Tränen vergossen. Viele Situationen habe ich miterlebt. So kam auch das Gefühl in mir auf, als wäre es erst gestern gewesen, dass wir uns das letzte Mal gesehen haben.

Ich wünsche Ihnen viel Spaß beim
Erleben meiner Geschichte.

Martina Wissen

# Die zarte Seele eines sanften Riesen

Die Deutsche Nationalbibliothek verzeichnet diese Publikation in der Deutschen Nationalbibliografie; detaillierte bibliografische Daten sind im Internet über dnb.dnb.de abrufbar.

Impressum
Copyrigth: 2016 Martina Wissen
Herstellung und Verlag:
BoD – Books on Demand, Norderstedt

ISBN: 9783741295034

Dieses Buch widme ich meiner Mutter, die starke Nerven und noch mehr Geduld bewiesen hat. Sie wusste uns zu bändigen, was ehrlich gestanden nicht immer leicht war. Sie stand sehr oft im Mittelpunkt unserer Späße, ohne uns aber wirklich böse zu sein.

Mein ganz besonderer Dank gilt auch meiner Hündin Dina. Ohne ihr Hundeverständnis für uns Menschen würde es dieses Buch nicht geben. Sie brachte mich dazu, es zu schreiben.

Es ist ihre Geschichte

Danke Euch beiden
für alles!

In Gedenken,
Eure Tina

## Inhalt

Vorwort .................................................... 9

Der Tag, der mein Leben veränderte ................... 11

Das Hunde-Einmaleins .................................... 23

Meine Couch ................................................ 31

Der Schock ................................................. 37

Ein guter Schauspieler .................................... 41

Kaffeeklatsch ............................................... 47

So viel zu dem Thema „Schoßhund" .................... 51

Wellness für das Wohnzimmer ........................... 57

Mein Bett, dein Bett ....................................... 63

„Sina ditz" .................................................. 73

Briefträger knutschen und Jogger erschrecken ...... 77

Ein Vulkanausbruch ....................................... 85

Der erste Kontakt ......................................... 95

Mein Abschied ............................................. 105

## Vorwort für uns Menschen

Eine Geschichte von und über meinen Hund für uns Menschen.

Wie verändern Tiere unser Leben? Sie geben uns so viel und erwarten doch so wenig. Sie würden ihr Leben für uns opfern, nur, um uns zu beschützen. Sind es nicht ihre treuen Augen, die bis auf unsere Seele blicken können und immer spüren, wie es uns gerade geht? Sie fühlen die Trauer, die wir vielleicht in unserem Herzen tragen, und lassen uns diese für einen Moment erträglicher erscheinen nur durch eine Geste oder einen Blick in ihre Augen. Sie schaffen es immer wieder, unsere Seele zu berühren und die Welt wieder ein bisschen friedlicher wirken zu lassen. Sie bringen Wärme, Licht und Liebe in unser Leben.

Die Tiere sind es wert, dass wir ihnen mit Achtung und Respekt begegnen.

## Der Tag, der mein Leben veränderte

Der Tag begann wie jeder andere. Es war kurz vor Mittag, als es klingelte. Wir schlugen alle Alarm, denn das bedeutete, Menschen kommen zu Besuch. Total spannend, denn wir wussten nie, was passiert. Wer von uns bekommt ein neues Zuhause? Bekommt einer von uns die Chance, ein neues, hoffentlich besseres Leben führen zu können? Wir haben alle schon einiges durchgemacht, obwohl einige von uns noch jung sind.

Wir standen alle erwartungsvoll vor den Gittern unserer Zwinger, aber keiner kam.

Ach so, hab ich ja ganz vergessen! Ist ja gleich Mittagspause! Da durfte uns keiner besuchen.

Enttäuschung machte sich in mir breit. Kommen diese Menschen denn nach der Mittagszeit überhaupt wieder? War es ihnen wirklich ernst?

Traurig blickte ich meinen Zellengenossen an. Er ist ein Jagdhund und sieht richtig edel aus mit seinem grauen Fell und seinen bernsteinfarbenen Augen. Ich hörte, wie die Menschen sagten: „Er hat hinterlistige Augen." Dabei sind Angst und Misstrauen in ihnen zu sehen. Die Menschen haben seinen Blick nur falsch gedeutet.

Ich komme gut mit ihm aus, solange er sich in gebührendem Abstand zu meinem Fressnapf aufhält. Ich habe schon mein ganzes Leben um mein Futter kämpfen müssen. Okay, das sind zwar erst eineinhalb Jahre, aber es ist sehr nervenaufreibend, auf der Straße zu leben und nie zu wissen, wann es das nächste Mal etwas zu fressen gibt.

Jetzt bin ich zwar hinter Gittern, bekomme aber regelmäßig einen gefüllten Napf serviert und habe einen trockenen Schlafplatz, von dem ich nicht verjagt werde. Das lasse ich mir auch nicht mehr nehmen. Kumpel hin oder her. Da hört die Freundschaft auf.

Das Klingeln riss mich aus meinen Gedanken heraus. Oh, waren da etwa die Menschen von heute Mittag?

Die Luft knisterte vor Energie.

Was ging da vor sich? Die Verbindungstür, die zu unseren Zwingern führte, wurde geöffnet. Unser Pfleger hatte zwei Frauen im Schlepptau.

Au ja fein, Frauen sind immer gut! Ihr müsst wissen, mit Männern habe ich bis jetzt nur schlechte Erfahrungen gemacht. Das reicht für mein ganzes Leben.

Ich sah mir also die zwei Frauen an. Es stellte sich heraus, dass es Mutter und Tochter waren. Ich hörte die Mutter sagen: „Wir wollen heute nur mal schauen." Die Tochter hielt dagegen und erwiderte:

„Das klappt doch nie. Wir gehen heute nicht ohne Hund raus."

Oh jiepieh, einer von uns hatte die Chance hier herauszukommen! Verdient haben wir es alle!

Die beiden teilten sich auf. Tina, so hieß die Tochter, wie sich herausstellte, kam direkt auf meinen Zwinger zu. Sie ließ ganz kurz ihren Blick über meinen Zellengenossen huschen und sah mir direkt ins Gesicht. Unsere Blicke trafen sich, und es war um mich geschehen.

Was für offene, ehrliche und treue Augen! Voller Wärme und Mitgefühl. Sie blickten mir bis auf die Seele.

Sie musste mich nehmen! Da wollte ich mit!

Ich schenkte ihr einen Augenaufschlag, der Steine zum Schmelzen brachte. Wer konnte meinen großen, treuen und doch so traurigen, braunen Augen schon widerstehen?

Sie bettelten: Nimm mich bitte mit!

Es entstand eine Energie zwischen uns, die etwas ganz Besonderes war. Tina war der erste Mensch, der mich verstand. Die Verbindung war hergestellt. Ich legte meine Zukunft und mein Leben in ihre Hände. Jetzt lag es an ihr. Ich hatte mein Möglichstes getan.

Sie ging zu ihrer Mutter, als diese „Sieh mal, ist der nicht süß!" ausrief.

„Ja, total und als Alarmanlage, Bewegungsmelder und Zweithund gut geeignet."

„Nein, zwei sind mir zu viel."

Da sie einen Beschützer wollte, kam dieser kleine Kumpel nicht in Frage. Puh, Glück gehabt! Die anderen „Insassen" waren alle kleiner als ich, und so nahm das Schicksal seinen Lauf. Tina lotste ihre Mutter zu meinem Zwinger.

„Sieh mal, die hier sind größer."

Jetzt kam es darauf an, einen guten Eindruck zu machen. Mein Kumpel und ich haben die gleiche Größe. Er ist ausgewachsen und eine richtige Schönheit. Er hat kurzes, graues und glänzendes Fell. Sehr edel! Ich dagegen fühle mich wie eine graue Maus. Ich habe viel zu lange Beine, struppiges Fell, einen dürren Körper und meine Ohren, die auch nicht wirklich zu meinem Körper passen, wissen nicht, ob sie hängen oder stehen sollen. Ich lege meinen Kopf schief und sammle meine ganze Energie, um meine Ohren aufzustellen, was sich aber als vergebene Liebesmüh herausstellt.

Die Erdanziehungskraft war einfach stärker.

Da meine Ohren sowieso immer unterschiedlicher Meinung waren, sah ich zu allem Überfluss nicht gerade intelligent aus.

Tina quietschte vor Vergnügen entzückt auf. „Sieht sie nicht süß aus?"

„Ja, total süß und groß wie ein Kalb."

Zum Glück weiß Tinas Mutter nicht, wie groß ich noch werde.

Tina zwinkerte mir zu und erklärte ihrer Mutter: „Die Pfoten sind doch nicht sooooo groß, die wird nicht mehr viel wachsen."

Oh! Tina kennt sich aus und weiß, was noch aus mir wird. Das braucht ihre Mutter aber nicht zu wissen.

„Also, hast du dich schon entschieden?"

„Nein, Mama, das ist dein Hund. Du musst mit ihr klarkommen."

Ich sah allerdings das Blitzen in Tinas Augen. Sie hatte sich schon für mich entschieden. Sie schlug ihrer Mutter vor: „Gehen wir doch mit ihr spazieren, dann kannst du direkt sehen, wie es mit euch beiden klappt."

Gesagt, getan.

Ich wollte ein vorbildlicher Hund sein und gab meiner Meinung nach das „Beste". Dass die Menschen etwas anderes darunter verstehen, brauche ich ja nicht extra zu erwähnen. Das versteht sich ja von selbst. Es hatte viele Tage geregnet. Das Tierheim liegt am Wald, und es ist alles naturbelassen. Also schön matschig. Jeah, das war total super, für mich jedenfalls. Ich hatte riesig viel Spaß an dem „Spaziergang".

Ich jagte über die Felder, dass der Matsch nur so spritzte, und habe meine Freiheit genossen. Obwohl, als ich länger darüber nachdachte, wurde mir bewusst, dass ich eine Leine trug, an deren Ende sich ein Mensch befand. Upsi, da war doch was!

Egal, ist ja nur Matsch.

Über meine Geschwindigkeit habe ich mir nicht wirklich Gedanken gemacht. Ich tobte einfach ausgelassen weiter, ohne auf den „Bremsklotz" am Ende der Leine zu achten.

Auf einmal hörte ich ein Geräusch.

Ich glaube, Menschen nennen es Lachen. Okay, aber so etwas haben meine Ohren noch nicht gehört. Ich war zwar über und über mit Matsch bespritzt, und Menschen würden behaupten, dass ich dreckig war, aber das war noch nichts gegen Tinas Lache. Die war wirklich dreckig. Sie lachte ihre Mutter aus, weil diese wie ein Fähnchen im Wind hinter mir herflog.

Plötzlich bremste ich so stark, dass mich meine Hinterläufe überholten. Ich überschlug mich, und als ich mich endlich so weit sortiert hatte, dass ich wieder auf meinen vier Pfoten zum Stehen kam, erstarrte ich zur Salzsäule. Tina hatte uns inzwischen eingeholt und übernahm meine Leine und somit auch die Situation.

Ich hörte Tina sagen: „Dina, das sind doch nur Pferde, die eine Kutsche ziehen."

Ist mir egal, ich habe Angst. Die Menschen wissen ja nicht, was ich schon alles erlebt habe.

Die Pferde gingen wieder, und ich konnte durchatmen. Das war genug Aufregung für einen Tag. Wir gingen wieder zum Heim zurück.

Aber was war das?

Ich wurde wieder in meinen Zwinger gesperrt, und die Menschen entfernten sich. Hallooooo ihr könnt mich doch nicht alleine lassen. Das könnt ihr mir doch nicht antun. Was habe ich denn Schlimmes getan? Wir hatten doch alle viel Spaß zusammen. Ich kann doch nichts dafür, dass ich so viele schlimme Dinge erlebt habe und voller Angst bin. Ich bin doch nicht schuld.

Es war schrecklich. Sie waren aus meinem Blickfeld verschwunden. Das bin ich ja gewöhnt, aber es war sooooo schön, die Gesellschaft so lieber Menschen genießen zu dürfen.

Ich muss mir etwas einfallen lassen, bevor die Menschen wieder weg sind! Ich konzentriere mich und höre die gedämpften Stimmen meiner beiden Menschen. Prima, sie sind also noch da. Auf diese Chance habe ich gewartet.

Ich springe die Gitterstäbe hoch und heule was das Zeug hält. Ich lege alles hinein. Aus der Tiefe meines Herzens und meiner Seele.

Mein markerschütterndes Heulen zeigte Wirkung. Die Stimmen wurden lauter.

„Wer heult da so herzerweichend?", wollte Tinas Mutter wissen. „Diese herzzerreißende Heulsuse ist unsere", antwortete Tina. Dann brach eine heiße Diskussion vom Zaun. „Okay", meinte ihre Mutter, „dann hast du dich ja schon entschieden." „Oh nein, Mama, das ist dein Hund und deine Entscheidung."

Ich wusste es zwar besser, aber was meinte Tina damit, das ist unsere, die da heult? Im Ernst jetzt, die wollen mich mitnehmen? Heute kommen alle Feiertage zusammen. Yeah, ich bin im Hundeparadies.

Hey, Pfleger, mach die Tür von meinem Zwinger auf!

Ich wollte mich bemerkbar machen, nahm Anlauf und sprang mit voller Wucht gegen die Zwingertür. Pech für den Pfleger, der sie im gleichen Augenblick öffnete, als mein Körper dagegen flog. Also Wand, Pfleger, Gittertür und ich. Den Pfleger hatte ich schon mal kaltgestellt. Er klebte zwischen einer Betonwand und der Zwingertür. Nicht so schlimm, der hatte bald wieder Freigang.

Meine Pfoten drehten durch und berührten kaum den Boden. Bei mir traf alles zusammen. Die Schnelligkeit des Wolfshundes und die Kraft des Riesenschnauzers. Tolle Mischung.

Ich preschte also um die Ecke, sah meine Menschen, und das Chaos war perfekt. Ich schmiss mich auf Tina, die fällte ihre Mutter, und wir landeten alle drei übereinandergestapelt unsanft auf dem Boden. Oh, wie ich mich freute! Ich hüpfte wie ein Flummi auf meinen beiden Menschen herum und leckte ihnen ihre Gesichter ab. Ich hörte ein unterdrücktes: „Hör auf, du Ferkel, das ist ekelig und geh von uns runter, du Elefant, du bist zu schwer." Ich verstehe das überhaupt nicht, meine zarten Pfoten bohrten sich doch nur in Tinas Rippen. Menschen können ja soooo empfindlich sein.

Als wir uns endlich sortiert hatten, wartete ich voller Spannung, was nun passiert. Mein neues Frauchen, wow, hört sich das toll an, ging in einen Raum, der Büro genannt wurde, um sich meine Erstausstattung auszuleihen. Sie hatte nichts für mich eingekauft, da Frauchen erst einmal nur „Hunde gucken" wollte. Sie hatte nicht mit Tina gerechnet.

Doch Tina ging!

Neeeiiin, sie konnte nicht gehen! Ich wollte nicht ohne sie sein, sie konnte mich jetzt nicht zurücklassen!!!!

Ich raste wie von Sinnen hinter ihr her und sah nur noch, wie sich die Tür des Tierheims hinter ihr schloss. Für mich brach eine Welt zusammen. Die geschlossene Tür kam immer näher. Ich wurde weder langsamer noch interessierte es mich, dass sie geschlossen war.

Es war mir egal, dass es gleich zu einem Crash kommen musste. Wie von Geisterhand öffnete sich die Tür. Ich schoss hindurch und registrierte nicht, dass ich den Menschen, der die Tür geöffnet hatte, in Grund und Boden rannte. Ich wollte nur zu Tina.

Sie stand an einem Auto, dessen Fahrertür offen stand. Der Sitz war nach vorne geklappt, und ich sprang mit einem großen Satz hinein. Puh geschafft, jetzt muss sie mich mitnehmen. Ich steige nicht mehr aus, da bringen mich keine zehn Pferde dazu.

Obwohl ich Tina umgerannt habe und das bestimmt ganz böse blaue Flecken gab, lachte sie und meinte nur: „Na, Dina, du hast dich wohl schon entschieden. Bleib hier, ich muss Frauchen noch einsammeln und bin gleich wieder da."

Ach ja, Tina hatte ihre Mutter dabei.

Upsi, haben wir beide doch beinahe vergessen. Sie schloss die Autotür und ging ins Tierheim zurück. Meinen „Ausflug" hatte noch keiner bemerkt. Tina hat dann wohl alle aufgeklärt, dass ich schon abfahrbereit im Auto sitze.

Wir fuhren also in mein neues Zuhause. Es war alles so neu und spannend. Ob auch eine männliche Person zu der Familie gehört? Hoffentlich ist der genauso nett wie die beiden.

Es stellte sich heraus, dass wir drei Mädels unter uns waren. Also waren meine Bedenken aufgelöst. Besser hätte ich es nicht treffen können.

Als am nächsten Tag Ruhe eingekehrt war, packte mich die Unruhe. Meine Vergangenheit holte mich ein. Ich fühlte mich eingesperrt und nicht verstanden.

Wie auch, ich war ja erst einen Tag bei ihnen!

Tina kam morgens ganz kurz und abends etwas länger vorbei. Ich hatte alles, was ich wollte, zwei Menschen, die mich mochten, ein Dach über dem Kopf und einen reich gefüllten Fressnapf. Aber ich habe zu viel Negatives erlebt, um mein neues Leben genießen zu können.

Frauchen und ich wohnen in einem kleinen Haus. Ich rannte den ganzen Tag vorne zur Tür hinaus, um das Haus herum und hinten wieder hinein. So lange, bis ich vor Erschöpfung einschlief. Ich freute mich auf den Abend, wenn Tina kam. Ich beruhigte mich und konnte ein wenig entspannen.

Das ging eine ganze Woche so.

Einen Tag in der Woche hat Tina frei und sie kommt schon früher zu uns. Ich freute mich, aber die Stimmung war gedrückt. Ich hörte nur: „Tina, der Hund muss weg. Ich schaffe das nervlich nicht mehr." Tina rief: „Das kannst du nicht wirklich wollen. Du weißt nicht, was der Hund alles durchmachen musste. Wir sind seine letzte Chance." „Ja, es tut mir auch leid, aber ich kann nicht mehr." „Okay", hörte ich Tina sagen, „ich bin einverstanden."

Ich muss mich wohl verhört haben. Tina stimmte ihrer Mutter zu, mich zurückzubringen? Sie zwinkerte mir zu und hielt ihrer Mutter die Autoschlüssel hin. „Hier sind die Schlüssel und das Auto steht vor der Tür. Viel Spaß." Mein Frauchen war total aufgelöst. „Tina, du weißt genau, dass ich Ewigkeiten nicht mehr Autogefahren bin." „Dann nimm dir ein Taxi, die Adresse kennst du ja. Ich werde diesen Hund nicht wieder zurückbringen. Sieh zu, wie du es schaffst."

Oh, Tina war sehr raffiniert, sie wusste genau, was sie tat.

Ich bin natürlich geblieben und gewöhnte mich langsam ein. In Tina habe ich eine Vertraute, Verbündete und einen Menschen, der sich für mich einsetzt, gefunden. Sie sollte meine engste Bezugsperson werden. Ich fühlte, wenn mich einer versteht, dann sie.

## Das Hunde - Einmaleins

Mein Frauchen ist wirklich bemüht, Struktur in mein Leben zu bringen und ihrem Rang als Rudelführer gerecht zu werden.

Ich habe aber so viel Schlimmes erlebt, wovon keiner etwas weiß. Nur ich. Das war das Schlimmste. Wie sollte ich den Menschen, die es gut mit mir meinen, verständlich machen, was ich erlebt habe. Das Tierheim ist auch keine Hilfe. Sie wissen nichts über meine Vergangenheit. Ich kann ihnen nur durch mein Verhalten zeigen, dass mir schlimme Dinge widerfahren sind, die mich beeinflusst und geprägt haben.

Angst, Misstrauen und Vorsicht sind das Ergebnis meiner schlechten Erfahrungen. Von meinem fehlenden Selbstvertrauen ganz zu schweigen.

Es war mitten in der Woche, das weiß ich so genau, weil Tina da immer frei hat, und dann ist Action angesagt. Da fahren wir oft zu dritt mit dem Auto weg. Das ist das Tollste für mich. Ich liiiieeebe Autofahren. Während der Fahrt höre ich immer wieder das Wort Hundeschule. Was das wohl sein mag? Ich sollte es kurze Zeit später herausfinden. Wir stiegen aus und alles war total aufregend. So viele Menschen und die hatten alle Hunde dabei. Es waren hauptsächlich kleine Vierbeiner anwesend.

Auf jeden Fall wurden die anderen Hunde von ihren Haltern in „Sicherheit" gebracht. Eine merkwürdige Situation entstand. Mein Frauchen sollte mich an einem Jägerzaum festbinden, der vielleicht einem Dackel standgehalten hätte. Aber mir? Ich fühle mich zu groß für solche Spielchen. Was sollte das überhaupt?

Die Hundetrainerin sprang ziemlich forsch mit meinem Frauchen um, was Tina in Rage brachte. Ihr müsst wissen, sie hat viel Temperament, und wenn es um ihre Liebsten geht, versteht sie keinen Spaß. Ich bin stolz darauf, jetzt zu ihrer Familie zu gehören, weil ich jetzt zwei Menschen habe, die für mich da sind und sich für mich einsetzen.

Aber ich schweife ab, es ging um den besagten Zaun, an dem ich festgebunden werden sollte.

Tina sagte zu der Trainerin: „Das wird ein Fall für Ihre Versicherung. Dieser Zaun hält unserem Hund nicht stand." Die Trainerin regte sich auf, dass sie die Anweisungen gibt und sonst keiner. Tina schlug ihr vor, den Zigarettenautomaten zu nehmen, da dieser einbetoniert war und meiner Kraft standhalten könnte.

So geschah es auch. Ich wurde festgebunden, Frauchen und Tina entzogen sich meinem Blickfeld.

Ich verfiel in totale Panik. Festgebunden und alleine, das konnten mir meine beiden Menschen doch nicht antun. Ich habe doch nichts Schlimmes gemacht, das diese Reaktion hervorgerufen haben könnte. Ich drehte total durch und versuchte aus meinem Halsband herauszukommen. Aber nichts hat geholfen. Ich jaulte, bellte, sprang hoch und zerrte wie verrückt an meiner Leine. Doch kurz vor dem Höhepunkt meiner Panik, hörte ich Tinas Stimme, die versuchte, mich zu beruhigen. Sekunden später kam sie um die Ecke.

Puh, Leute, tut das nie wieder!!! Ihr könnt mich doch nicht festbinden und dann einfach verschwinden.

Als ich mich wieder beruhigt hatte, brach unter den Menschen ein Gewitter los. Was Tina einfallen würde, die Übung abzubrechen. Ich müsste alleine bleiben können. Das wäre meine Aufgabe. Ich müsste so viel Vertrauen zu meinen Menschen haben, dass ich weiß, sie kommen mich wieder abholen. Das wäre bei meinen Menschen nicht der Fall, und sie sollten sich Gedanken machen, was bei ihnen falsch läuft. Da würde auch die beste Hundeschule nicht helfen. Dann ging ich in Deckung, weil Tina sich vor mir aufbaute. Ich kenne sie noch nicht lange, spürte aber ihre Energie. Au Backe, es roch nach Ärger.

Tina ist zwar nicht groß, aber wenn sie in Rage gerät, ändert sich das schlagartig, und es ist gesünder, in Deckung zu gehen und dort erst einmal zu bleiben.

Sie wetterte los in Richtung Tiertrainerin. Woher sie sich das Recht nehmen würde, sie beide zu verurteilen und ihnen die Fähigkeit abzusprechen, mich erziehen und führen zu können. Sie hätte sich ja noch nicht einmal meine Geschichte angehört. Ich käme gerade aus einem Tierheim und meinem Verhalten nach zu urteilen müsse ich Schlimmes erlebt haben. Wie sollte ich da in so kurzer Zeit Vertrauen zu meinen Menschen aufgebaut haben. Vertrauen zu bekommen, sei eine Sache, die sehr viel Zeit, Geduld und Fingerspitzengefühl erfordere.

Dem war nichts mehr hinzuzufügen.

Die nächste Aufgabe bestand darin, mich von der Leine zu lassen und, nachdem ich ein Stück gelaufen war, mich zurückzurufen. Was mich total überforderte. Warum sollte ich weglaufen? Was machte das für einen Sinn? Wollen mich meine Menschen aussetzen? Während diese Gedanken durch meinen Kopf geisterten, sah ich die anderen Hunde spielen und sich von ihren Menschen entfernen.

Ich vergaß alles um mich herum und rannte hinterher. Dass ich nach kurzer Zeit alleine unterwegs war, bemerkte ich nicht. Ich war so im Spiel vertieft, dass ich alles um mich herum ausblendete. Ich bin schnell und habe lange Beine, da kommt keiner der anderen Vierbeiner mit.

Ich war außer Hörweite, das meinte jedenfalls die Trainerin zu meinen Menschen. Es wäre aussichtslos, mich jetzt noch zu rufen. Tina fühlte die drohende Gefahr, forderte ihre Mutter auf, sich die Ohren zuzuhalten und brüllte aus vollem Halse: „Dinaaaaaa, bei Fuß!" Plötzlich hörte ich aus weiter Ferne, wie mein Name durch den Wind ganz dünn zu mir getragen wurde.

Nein, Stop!

Es waren viel mehr auch Tinas Gedanken und ihre Energie, die mich dazu veranlassten, eine Vollbremsung hinzulegen. Während ich bremste, drehte ich mich in der Luft in die entgegengesetzte Richtung und nahm wieder Tempo auf. So schnell mich meine Beine trugen, galoppierte ich in die Richtung, aus der die Gedanken und die Energie kamen.

Meine Freude darüber war riesig, und meine Pfoten berührten kaum den Boden. Ich sah nur Menschen mit entsetzten Gesichtern, die sich mitsamt ihren Lieblingen im Arm in Sicherheit brachten. Ich hätte alles umgerannt, was sich mir in den Weg gestellt hätte, nur, um schnell bei meinen Menschen zu sein. Sie wollen mich doch noch bei sich haben. Ich schlug Haken, überschlug mich und kugelte in Richtung Tina. Dort angekommen setzte ich mich stolz wie Oskar neben Tinas rechte Seite. So habe ich mir das bei den anderen abgeguckt.

Das war wohl wieder falsch.

Die Trainerin brüllte. Ob meine Menschen überhaupt eine Ahnung hätten, wie gefährlich das gerade gewesen sei. Am Ende des Feldes führe eine Schnellstraße vorbei. Ich hätte überfahren werden können.

Woher sollten meine Menschen das wissen? Wozu waren sie mit mir in der Hundeschule, wenn ihnen keiner zuhörte? Ich komme gerade aus dem Tierheim und kenne noch keine Regeln.

Außerdem sollten sich meine Menschen erst einmal darüber einig werden, wer mein Rudelführer sei.

Dabei war es erstens doch die Idee der Trainerin gewesen, mich von der Leine zu lassen, und zweitens wollte ich gerne auf beide hören. Okay, zugegeben, Tina ist insgeheim mein Rudelführer, aber ich lasse Frauchen in dem Glauben, dass sie es sei.

Meine Menschen sollten sich bis zur nächsten Stunde Gedanken machen, was sie wollten.

Oh nein, bis zur nächsten Stunde?

Tina antwortete: „Ja, aber natürlich gerne doch." Okay, mein Hundeinstinkt sagt mir, da stimmt etwas nicht. Tina war so handzahm. Ihre Gedanken sagten mir allerdings etwas anderes. „Hier waren wir Drei genau zwei Mal. Das erste und auch das letzte Mal."

Ich begriff, dass die Menschen nicht immer das sagen, was sie denken. Es ist in manchen Situationen aber auch besser so.

Dann ging es ab in die zweite Hundeschule. Die war viel besser. Da war alles eingezäunt, und es wurde auch nicht herumgebrüllt.

Eine Bekannte von meinem Frauchen, die selbst zwei große Hunde hat, nahm uns mit. Tina musste arbeiten. So war ich aus dem Schneider und musste mich nicht entscheiden, auf wen von beiden ich nun hören sollte. Also saß ich mit meinen beiden Kumpels hinten im Auto. Es war total spaßig. Für uns Hunde jedenfalls.

Wir gingen öfters miteinander spazieren, und ich hatte endlich jemanden zum Spielen gefunden. Es kam kein: „Sei bitte vorsichtig, es ist ein kleiner." Kein: „Pass auf, du tust ihm weh." Nein, die waren groß und zu zweit. Ich kann so toll mit ihnen raufen. Wir halten kurz inne, wenn einer von uns quietscht, und dann geht es weiter, die herrliche Rangelei entbrennt von vorne.

In der Hundeschule wurden wir aber getrennt. Ich kam in die Anfängergruppe und musste erst einmal Gehorsamsübungen machen. Wie laaaaangweilig. Ohne Tina sowieso. Auf dem Hundeplatz war alles eingezäunt, und es konnte nichts passieren. Das war sehr sinnvoll. Mein Frauchen leinte mich unter Protest ab, ich würde noch nicht hören. Der Trainer war total lässig und meinte nur, ihr Hund kommt nicht weit, machen sie sich keine Gedanken.

Ohhhh, der kennt mich noch nicht.

Das werde ich gleich ändern.

Bevor ich mich weiter langweilte, fasste ich den Entschluss, ich gehe meine Kumpels einfach mal besuchen und sehe nach, was die da so treiben. Gedacht getan setzte ich mein Vorhaben in die Tat um. Ich preschte über den Platz und mischte die ganze Meute auf. Das war ein Heidenspaß, das ist genau die richtige Hundeschule für mich. Die können alle noch etwas von mir lernen.

Die Menschen waren nicht ganz so begeistert wie wir Hunde. Verstehe ich jetzt nicht wirklich. Der Trainer nahm es mit Humor, meinte aber zu meinem Frauchen, es wäre noch etwas zu früh für mich, am gleichen Tag wie meine Freunde Unterricht zu bekommen. Da mein Frauchen aber keine andere Möglichkeit hatte, da hinzukommen, fasste sie den Entschluss, Hundeschule ist nichts für uns. Jetzt gibt es Privatunterricht. Schade, da gefiel es mir wirklich gut.

## Meine Couch

Es ging noch weiter mit meiner Hundeerziehung. Es kam ein Trainer zu uns nach Hause. Ich begutachtete ihn, begrüßte ihn auch, spürte aber sofort seine Energie. Sie drückte Macht, Dominanz und Unterwerfung aus. Davon habe ich schon genug in meinem Leben gehabt. Ich spürte, da stimmt etwas nicht. Frauchen, pass auf mich auf!

Dass Tina jetzt nicht bei mir war, beunruhigte mich sehr. Frauchen ist total klasse, lässt sich aber leider zu schnell einschüchtern.

Es stellte sich heraus, dass der Trainer alle Hunde gleichbehandelte und mit den gleichen Methoden erzog. Egal, was sie in ihrer Vergangenheit erlebt hatten. Er hatte kein Feingefühl und war der Meinung, der Wille eines Hundes muss gebrochen werden, damit er sich unterwirft und gehorcht.

Oh nein, nicht schon wieder Unterdrückung und Gebrüll! Ich erstarrte vor Angst zur Salzsäule, und mir stand das Nackenfell hoch. Ich wurde mit meiner Vergangenheit konfrontiert. Er mag auf seinem Gebiet gut sein, wenn es sich um Tiere aus einer Zucht handelt, die noch nichts Schlimmes erlebt haben, aber von Hunden, wie ich einer bin, mit einer

Seele, die so viele Verletzungen davongetragen hat, hatte er keine Ahnung.

Die Menschen sind sich nicht darüber einig, ob die Seele eines Menschen oder Tieres überhaupt verletzt werden kann. Da gehen die Meinungen sehr weit auseinander.

Ich für meinen Teil fühle mich sehr verletzt. Alle Erfahrungen haben sich in meinem Unterbewusstsein gesammelt und sind dort abgespeichert. Es genügt eine Kleinigkeit, und die Bilder, aber auch die Gefühle sind sofort wieder da. Ich bin ein Sensibelchen und reagiere direkt auf harte und laute Worte.

Damit sparte der Trainer nun wirklich nicht. Er wollte meinen Willen brechen.

Liebe Menschen! Wir sind keine Marionetten ohne Herz und Gefühl. Wir haben das Recht, mit Liebe, Geduld und natürlich auch mit Leckerchen, das Wichtigste überhaupt, erzogen zu werden. Wir suchen schließlich einen Rudelführer mit Herz und Verstand. Und keinen Kommandanten, der nur durch seine Stimme Angst und Schrecken verbreitet und uns zum Zittern bringt.

Die Trainerstunde zog sich für mich sehr lange hin. Ich war total verunsichert und wusste nicht, was noch alles auf mich zukommt. Mein Frauchen erklärte ihm, dass ich Schlimmes erlebt haben muss und eine ruhige und liebevolle Hand brauche. Da ging das Gebrüll erst richtig los. Ich dürfe nicht mit Glacéhandschuhen angefasst werden, sondern brauche eine harte und unnachgiebige Hand. Mein Frauchen hätte ja überhaupt keine Ahnung von Hunden.

Pah, was weiß der denn schon!

Aber selbst ihre Aussage, dass sie schon einmal einen jungen Schäferhund großgezogen und erzogen habe, der übrigens auf das erste Wort hörte, schmetterte er ab.

Mein Frauchen war durch sein Auftreten und seine laute Stimme total eingeschüchtert. Er wollte unser beider Willen brechen.

Vor Angst verzog ich mich auf meine Couch.

Ja, Sie lesen richtig. Ich habe eine eigene Couch, nur für mich alleine. Tina sitzt oft darauf, wenn sie uns besuchen kommt. Das ist toll, dann wird gespielt und noch mehr geschmust. Ich habe sie auch einmal runter geschubst. Ich bin ja schließlich groß und brauche Platz. Es ist ja „nur" ein Zweieinhalbsitzer. Auf dem Boden der Tatsachen angekommen, sah sie ziemlich verdutzt aus. Frauchen war erschrocken und wartete auf Tinas Reaktion. Die war total cool. Sie erklärte ihrer Mutter, dass ich sie als Rudelführer akzeptiere und dass es kein Kräftemessen gewesen war, sondern nur aus Übermut passiert sei. Aus Freude, dass ich jetzt so ein tolles Luxusleben führen dürfe. Ich hätte ja so ein sanftes Wesen, wäre total gutmütig und hätte einen super Charakter. Da ich ja meine Grenzen kenne, war ein Einschreiten nicht nötig gewesen.

Meine Menschen wissen, was mir guttut und wie sie mit mir umgehen müssen.

Jetzt aber wieder zur Trainerstunde. Ich schweife zwischendurch immer wieder ab, weil es so viel Spannendes und Schönes zu erzählen gibt. Wozu die nächsten Zeilen allerdings nicht gehören.

Der Trainer zerrte mich mit Gewalt von der Couch, baute sich drohend über mir auf und brüllte los. Ich verkroch mich in die äußerste Ecke des Zimmers, kauerte mich zusammen und zitterte wie Espenlaub. Wie konnte mein Frauchen es zulassen, dass mir so ein Mensch so nahe kam. Was habe ich denn Schlimmes getan?

Meine ganze Vergangenheit lief wie ein Film vor meinen Augen ab. Es war schrecklich. Der Traum von einem schönen, neuen Leben ohne Gewalt, Unterdrückung, körperliche und seelische Schmerzen platzte wie eine Seifenblase. Ich zog mich komplett in mein Innerstes zurück. Das war mein einziger Schutz gegen diese Welt.

Dass der Trainer ging, mein Frauchen fix und fertig und total aufgelöst war, bekam ich nicht mehr mit. Ich war in meiner eigenen Welt gefangen. Die Bilder der Vergangenheit wurden wieder real. Durch sein Verhalten ausgelöst. Ich weiß nicht, wie lange ich so in der Ecke kauerte. Es schien mir wie eine Ewigkeit. Ich wollte nur, dass das aufhörte. Egal wie und mit welchen Konsequenzen. Nur aufhören. Wie durch eine Nebelwand bekam ich mit, dass Frauchen Tina anrief. Sie war inzwischen nach Hause gekommen. Ihre Mutter stammelte nur: „Tina, komm schnell rüber, die Dina geht ein. Sie ist nicht mehr ansprechbar."

Kaum hatte Frauchen den Hörer aufgelegt, stand Tina vor mir. Sie muss geflogen sein. Sie sah mich an, brüllte los und wollte wissen: „Was hat dieser Kerl mit unserem Hund gemacht?" Sie flippte total aus.

Ich kauerte immer noch apathisch in meiner Ecke. In Gedanken flehte ich nur: „Tinaaaaa, mach bitte, dass das aufhört."

Unter Aufbringung all ihrer Kraft holten Tina und Frauchen mich aus meiner Ecke und setzten mich auf meine Couch. Was bei meiner Größe und meinem Gewicht bestimmt nicht einfach war. Aber gemeinsam schafften sie es.

Sie setzten sich zu mir. Ich befand mich nun zwischen meinen geliebten Menschen, die auf mich einredeten wie auf einen kranken Esel.

Halt, da stimmt etwas nicht! Ich darf nicht mehr auf meiner Couch sitzen! Voller Panik wollte ich wieder runter, aber Tina umarmte mich ganz fest. Sie wollte, dass ich sitzen bleibe.

Nach einiger Zeit erwachte ich aus meiner Schockstarre, und es kam langsam wieder Leben in meinen Körper. Mein erster Gedanke war, Gott sei Dank ist dieser schreckliche Mensch weg und ich sitze wieder auf „meiner Couch".

Aber darf ich das überhaupt noch? Tina legte ganz fest ihren Arm um mich und flüsterte mir ins Ohr: „Das ist deine Couch und wird es auch immer bleiben. Dafür sorge ich." Meine beiden Menschen setzten sich auf ihre Couch und diskutierten über den Vorfall.

Es war ein harter Tag gewesen.

Vor Müdigkeit fielen mir die Augen zu, und ich schlief mit dem Gedanken ein: „Das ist meine Familie. Da gehöre ich jetzt dazu. Sie stehen beide für mich ein und passen auf mich auf. Tina kämpft wie eine Löwin für mein Frauchen und mich. Endlich habe ich meinen Platz in dieser Welt gefunden."

# Der Schock

Es passierte auf einem Spaziergang. Wir gingen einen schmalen Pfad entlang, der ziemlich zugewachsen war. Natur pur. Auf der einen Seite des Weges führten Eisenbahnschienen entlang, auf der anderen Seite befanden sich Schrebergärten und Wildnis. Ein richtiges Paradies für Fellnasen, wie ich eine bin. Es ist wirklich toll und erst all diese Gerüche. Nachts kommen die Wildschweine aus ihrer Deckung und pflügen alles um. Es ist so richtig idyllisch und riecht so interessant.

Das Einzige, was diese Ruhe stört, sind die Züge, die ab und zu vorbeikommen. Die haben ordentlich Tempo drauf. Teilweise sind sie so leise, dass ich sie erst in letzter Sekunde wahrnehme, wenn sie von hinten kommen. Ich habe zwar gute Ohren, aber wer kann mir verübeln, dass meine Sinne mit Spurensuche beschäftigt sind. Manchmal bin ich sehr schreckhaft. Das hängt alles noch mit meiner Vergangenheit zusammen.

Ob ich das je ablegen kann? Ich hoffe es.

Jetzt aber erst zu den lustigen Seiten des Kapitels. Die Züge, die von vorne kommen, ersparen mir jedes Facelifting und Bodyshaping. Die Züge kommen mit einem derartigen Affenzahn angerauscht, dass alles,

Ohren, Bart, Fell und Haut nach hinten gestrafft wird. Mein Frauchen dreht sich dann immer um, wenn ein Zug kommt. Warum eigentlich? Ich finde es toll, wenn ein Windstoß meine Ohren an meinen Kopf tackert. Na ja, wir sind halt anders als die Menschen. Es war wieder ein toller und aufregender Spaziergang, und alles schien normal. Bis zu diesem Zeitpunkt.

Dann kam der Schock.

Auf dem Nachhauseweg nahm meine Nase einen mir wohlbekannten Geruch auf. Ich verfiel in totale Panik. Es war der Geruch von Todesangst, Blut und toten Tierkörpern. Ich konnte mich plötzlich keinen Zentimeter mehr bewegen.

Meine Angst lähmte mich.

Zu allem Überfluss ging auch noch die Bahnschranke mit einem lauten Krachen zu. Die Ampel stand auf Rot, und ich sah rot. Sprach ich vorher von Angst, befand ich mich jetzt gerade in einer Schockstarre.

Mein Gott, Frauchen, so hilf mir doch!

Sie sprach sehr lange und beruhigend auf mich ein. Die Schranke war schon längst wieder offen, alle Autos weg und die Ampel aus. Mit sanfter Gewalt schob Frauchen mich nach Hause. Es war zum Glück nicht mehr weit. Zu Hause angekommen suchte ich die äußerste Ecke des Wohnzimmers auf. Ich blieb da zitternd wie Espenlaub sitzen. Wie lange, weiß ich nicht. Auf einmal drang Tinas aufgeregte Stimme zu mir durch. Sie war wohl in der Zwischenzeit von der Arbeit nach Hause gekommen.

Ich bin noch nicht so lange bei meinen beiden Menschen, vertraute ihr aber und wusste, wenn mir einer helfen kann, dann Tina. Sie wollte mit erhobener Stimme wissen, was passiert ist, und war total aufgeregt. Ihr scheint wirklich viel an mir zu liegen. Ein schönes und beruhigendes Gefühl. Sie wollte die Situation genau erklärt bekommen.

Auf einmal hatte sie eine Eingebung.

„Es passierte an der Schranke, und die Ampel stand auf Rot." „Welche Autos standen denn vor der Schranke?" „Keine Besonderen", antwortete Tinas Mutter. „Obwohl, da fällt mir gerade ein, der Förster stand mit seinem Geländewagen vor der Schranke. Die Ladefläche schien leer zu sein, soweit ich sehen konnte." „Das hat aber überhaupt nichts zu sagen. Ziehen wir einmal alles zusammen, was passiert ist. Rote Ampel, laute Schranke, die auf den Boden kracht, und der Jäger mit seinem Auto." Tina überlegte und kam zu dem Schluss: „Rot-Blut, Krach-Schuss, Jäger-erlegtes Wild. Wir wissen ja nicht, was der Jäger vorher transportiert hat. Vielleicht war es totes Wild gewesen."

„Wir wissen nichts, aber auch gar nichts von Dinas Vergangenheit", stellte Tina fest, „was uns die Suche wesentlich erleichtern würde. Was sie erdulden musste, Schlimmes erlebt hat und welche Ängste sie ausgestanden haben muss. Nach ihrer Reaktion zu schließen, muss es schrecklich gewesen sein. Wenn wir diese Informationen nur hätten, dann könnten wir Dina unterstützen und ihr so schneller helfen. Ich fühle mich so machtlos, ich weiß nicht, was ich machen kann."

Tja, Tina, noch nicht! Aber es wird die Zeit kommen, da wirst du mich verstehen. Dafür ist es aber noch zu früh. Alles zu seiner Zeit. Du wirst lernen, mit Tieren zu kommunizieren.

Tina nahm mich in ihre Arme und drückte mich ganz fest. Ihre Energie und die Gefühle, die sie mir vermittelte, ließen mich ruhiger werden und mich aus meinem Albtraum erwachen. Ich war zu Hause, beschützt und behütet von meinen zwei lieben Menschen.

Ich bin endlich angekommen. Nach all dem, was ich erlebt habe, hatte ich die Hoffnung bereits aufgegeben, Menschen zu begegnen, die es gut mit mir meinen.

Es gibt doch noch Wunder! Gebt nie die Hoffnung auf und glaubt fest daran, denn dann können Wünsche, Träume und sogar Wunder in Erfüllung gehen. Es ist unser Glaube, der die Hoffnung trägt, und die Liebe, die unsere Seele berührt.

## Ein guter Schauspieler

Die Themen Hundeschule und Tiertrainer waren nun endgültig vom Tisch. Puh, zum Glück! Genug schlechte Erfahrungen gemacht. Mein Frauchen war allerdings der Meinung, ich brauche professionelle Hilfe. Da hat sie ja auch in gewisser Weise recht. Ich kenne meine Vergangenheit, und die hat Spuren bei mir hinterlassen. Wie konnte ich mich anders bemerkbar machen, außer mit meinem Verhalten.

Meine beiden Menschen waren noch nicht so weit, mich anders zu verstehen. Auch Tina war zurzeit noch nicht in der Lage, ihr Potenzial zu erkennen. Aber ich arbeitete daran. Dafür bin ich ja schließlich zu ihnen gesandt worden, um sie vieles zu lehren.

Doch erst einmal kam die Psychologin.

Die Psychologin war eine Frau. Puh, was für ein Glück. Ich brauche die zarte und weibliche Energie, die mich versteht, sanft und einfühlsam mit mir umgeht. Nur so kann ich das Erlebte verarbeiten. Ich begrüßte sie total freudig und war gespannt, was passiert. Sie unterhielt sich mit meinem Frauchen und beobachtete mich die ganze Zeit. Sie stellte viele Fragen und gab Frauchen wertvolle Tipps. Sie hat mich nur beobachtet, um zu sehen, wie ich reagiere. Ich war total entspannt, das war richtig cool. Viel schöner als alles andere. Sie verabschiedete sich schließlich und versprach, in einigen Wochen noch einmal vorbei zu kommen, um zu sehen, welche Fortschritte ich gemacht habe.

Frauchen war nach ihrem Besuch auch total entspannt, voller Hoffnung und neuer Energie. Die Psychologin war wirklich klasse. Sie hat in kürzester Zeit alles auf den Punkt gebracht und meinem Frauchen gezeigt, wie sie liebevoll mit viel Geduld und Zeit aus mir einen treuen und gehorsamen Wegbegleiter macht. Okay, über das Thema Gehorsam sind wir manchmal unterschiedlicher Ansicht. Als die Psychologin Wochen später zu Besuch kam, war sie trotzdem total erstaunt über meine Fortschritte und sehr zufrieden. Ich sei ja in so kurzer Zeit ein richtig toller Hund geworden.

Hallo, Menschen! Wir Hunde sind doch nicht blöd! Wir begreifen sehr schnell, was von uns erwartet wird. Es kommt nur auf die Art und Weise an, wie Ihr uns behandelt und mit uns umgeht. Sind die Menschen gut zu uns, legen wir ihnen unser Leben und unsere Seele zu Füßen. Treten sie diese allerdings, können wir auch anders! Jetzt aber genug über meine Erziehung.

Es war wohl wieder mitten in der Woche, denn Tina hatte frei, und es gab wieder einen Ausflug mit dem Auto. Herrlich, ohne Anstrengung von A nach B zu kommen! Und was es da alles zu sehen gibt. Na ja, so ganz entspannt war es nicht die ganze Zeit. Ich musste ja schließlich im Auge behalten, wer uns folgt. Die Fahrt dauerte aber etwas länger, also legte ich mich auf die Rückbank, die mir gerade so Platz genug bot, mich auszustrecken. Ich war gesichert und angeschnallt, und so konnte ich relaxen. Im Gegensatz zu meinen beiden Menschen, die mir etwas nervös erschienen, was mich aber nicht weiter beunruhigte.

Wir hielten an einem Zoofachgeschäft und es roch soooo ..... gut nach allem, was das Hundeherz höher schlagen lässt. Ich dachte nur, hoffentlich gehen wir da hinein.

Ja, meine beiden Menschen gingen wirklich mit mir da rein. Ich war im Paradies, nein, im Himmel!!!

Als wir das Geschäft betraten, hörte ich eine mir bekannte Stimme sagen: „Mein Gott, bist du groß geworden."

Ja, ich versetze mein Frauchen auch immer noch in Angst und Schrecken, weil ich auch immer noch wachse. Ich werde langsam erwachsen. Da ich ein Mix aus Riesenschnauzer und Wolfshund bin, ist noch einiges zu erwarten. Ein Taschenformat bin ich schon lange nicht mehr.

Ich stürmte also auf die mir bekannte Stimme zu und begrüßte ihre Besitzerin. Sie gehörte der Psychologin, die uns herzlich willkommen hieß. Die Menschen unterhielten sich einige Zeit, die ich dazu nutzte, so viele Gerüche wie möglich zu inhalieren. Meine Nase machte eine kulinarische Reise durch das ganze Geschäft. Ich bin noch immer im Paradies. Hoffentlich dauert dieser Zustand ewig an. Mein Gehirn zeigte mir Bilder zu den ganzen Gerüchen, die in der Luft lagen, und ordnete diese den jeweiligen Speisen zu. Kekse, Knochen, Pansen, ... die Liste nahm kein Ende. Wenn ich doch nur etwas davon haben oder sogar mitnehmen könnte. Obwohl die Vorräte nicht lange halten würden. Ich kann wirklich gut betteln, und einteilen wird immer zu meinen Schwächen gehören. Das Gespräch verstummte, und Tina erregte meine Aufmerksamkeit. Sie hob ihren Zeigefinger, und ich setzte mich ohne Kommentar hin. Sie senkte die Hand, und ich wusste, das bedeutet hinlegen. Auch das tat ich ohne die sonst so üblichen Nebengeräusche. Ich bin ja schließlich ein Musterbeispiel eines gut erzogenen Hundes, der weiß, wie er an Leckerchen kommt.

Tina legte mir die Leine locker über den Rücken. Da ich mitten im Weg lag, stieg sie über mich hinweg. Ich zuckte noch nicht einmal mit den Barthaaren, denn ich vertraue ihr voll und ganz. Die Psychologin war total begeistert. Meine beiden Menschen ließen mich liegen und liefen durch die Regale, um für mich einzukaufen.

Ja, Leute, macht die Tüten voll! Draußen steht ein Auto, da ist viiiiiieeeeeel Platz drin, und einen Kofferraum hat es auch. Also haut rein!

Sie unterhielten sich laut, damit ich immer wusste, wo sie gerade waren. Ich bin doch nicht blöd, ich hatte die Tür natürlich immer im Blick. Also unbemerkt abhauen konnten sie nicht. Es war wirklich spannend, was sie so alles Leckeres für mich fanden. Na ja, die Heimfahrt dauert ja etwas. Wegzehrung kommt da immer gut. Da kann ich wenigstens in Ruhe die ganzen Tüten nach ihrem Inhalt untersuchen.

Die Tüten füllten sich, und die Rechnung wurde immer länger. Dina hat es verdient, verwöhnt zu werden. Sie ist so brav! Die Menge an Leckerchen hält sicher auch einige Zeit. „Vorausgesetzt, du legst sie nicht in ihre Reichweite", hörte ich Tina sagen. Sie kennt mich besser, als mir lieb ist.

Was Frauchen wohl auch gleich einige blaue Flecken ersparen wird.

Ich wurde noch geknuddelt und gelobt. Wie toll ich doch erzogen bin, wie gut ich höre und auf Handzeichen reagiere. Ich brauche keine Unterstützung mehr. Das fand ich richtig gut! Bevor wir gingen, wurde ich noch mit Keksen versorgt und verwöhnt. Als sich die Menschen dann sehr herzlich voneinander verabschiedet hatten, nahm Tina meine Leine und flüsterte ihrer Mutter ins Ohr: „Bleib bitte hinter mir und schließe die Tür. Ich werde es nicht mehr schaffen."

Tina spürte meine aufgestaute Energie und meine Freude darüber, mich endlich wieder bewegen zu dürfen. Meine Geduld, so lange liegen zu müssen, war erschöpft. Ich war angespannt wie ein Flitzebogen. Im Auto musste ich ja wieder still sitzen. Also gab es nur den kurzen Weg zwischen Geschäft und Auto, um meine Freude zum Ausdruck zu bringen. Und die aufgestaute Energie fließen zu lassen. Ich ging ganz gesittet die Treppe des Geschäftes hinunter, aber außer Sichtweite der Psychologin gab ich Vollgas. Tina hatte es geahnt und wenigstens ihre Mutter in Sicherheit gebracht. Sie flog mir hinterher und schimpfte nur: „Du Sausack, ich wusste es doch! Es war alles nur gespielt, um möglichst viele Leckerchen abzustauben. Du bist ein guter Schauspieler."

Ja, Tina hat recht, aber es hat sich allemal gelohnt!

Es hat mir aber auch ehrlich Spaß gemacht, den lieben und gehorsamen Hund zu spielen. Es macht Tina glücklich, und das ist mein Ziel. Ihr immer wieder ein Lächeln ins Gesicht zu zaubern.

## *Kaffeeklatsch*

Die Idee der Menschen, Häuser und Wohnungen mit Türen auszustatten, finde ich als großer Hund sehr sinnvoll. Die Türen geben unseren Menschen das Gefühl der Sicherheit und uns großen Hunden das Gefühl der Freiheit. Außer sie werden abgeschlossen. Das ist dann doof. An einem Morgen verließ Frauchen die Wohnung, ohne mir zu sagen, wo sie hinwollte. Das geht gar nicht. Das Haus, in dem ich wohne, hat einen Rundumblick. Es steht alleine an einer Ecke und befindet sich an einer Kreuzung. So habe ich den vollen Überblick zu den Mülltonnen, dem Parkplatz, dem Weg am Haus entlang, zum Wasser, oder aber ins Dorf. Ich konnte auch immer sehen, ob Tinas Auto auf seinem Platz stand.

Frauchen hatte weder ihre Jacke noch ihren fahrbaren Untersatz dabei, in dem sie ihre Lebensmittel verstaute, wenn sie einkaufen ging. Hm, wo wollte sie hin? Ich folgte meinem Instinkt und peste ins Gästezimmer, um zu sehen, wo sie ohne mich hin wollte. Okay, sie ging zu den Nachbarn gegenüber. Sie hat guten Kontakt zu ihnen, und sie helfen ihr auch oft. Sie standen auf dem Weg und unterhielten sich. Aber worüber eigentlich? Ich sah sie zwar durch den Vorhang, konnte aber nichts verstehen.

Warum hat sie mich nicht mitgenommen! Alleine zu Hause ist doch soooo langweilig. Ich wollte wissen, was da los ist, denn ich bin von Natur aus sehr neugierig. Ein echtes Mädchen halt.

Also beschloss ich, meinen Nachbarn auch einen Besuch abzustatten und mich der Mädelsrunde anzuschließen. Ich öffnete die Haustür und dann das Gartentörchen, blieb stehen und blickte nach rechts und nach links. Die Luft war rein, kein Auto oder sonstiges Objekt auf Rädern unterwegs. Um nicht aufzufallen, was bei meiner Größe nicht gerade einfach war, nahm ich auf dem Weg zu ihr jeden Strauch und jeden Baum unter die Lupe. Ich trödelte gelassen den Weg entlang, meine Freiheit genießend. Da hörte ich unsere Nachbarin sagen: „Da kommt Ihr Hund Sie abholen." Frauchen reagierte total gelassen und meinte nur: „Das kann überhaupt nicht sein, ich habe alle Türen zu gemacht."

Ja, Frauchen, hast du, aber nicht abgeschlossen!

Meine Tarnung war aufgeflogen. Mist aber auch! Doch wo ich schon mal da bin, könnt ihr euren Kaffeeklatsch auch weiterführen. Mein Frauchen war allerdings der Meinung, wir müssen jetzt nach Hause, weil sämtliche Türen offen stehen. Was natürlich maßlos übertrieben war. Es gab noch Türen, die nicht offen standen. Menschen sind manchmal ein bisschen eigen. Außerdem hat sie mich doch als Wachhund. Ich passe immer gut auf. An mir kommt so schnell keiner vorbei.

Oh, dafür müsste ich mich wohl in der Wohnung befinden. Upsi, vielleicht hat sie doch recht, und wir gehen besser nach Hause.

Ab diesem Zeitpunkt hat sie mir immer gesagt, wo sie hingeht. Geht doch, auch Menschen lernen dazu!

Der tollste Satz war: „Frauchen geht jetzt Fleisch kaufen." Yeah, da bekomme auch ich immer tolle und leckere Sachen. Da ist das Warten nicht soooo schlimm.

Ich holte mir den Pulli, den sie kurz vorher getragen hatte, aus dem Badezimmer, trug diesen zu ihrer Schlafcouch und legte mich mit dem Pulli hin. Mit dem Geruch in der Nase und der Vorstellung im Kopf, bald ihre Taschen ausräumen zu können, schwebte ich in das Land der Träume.

Der Schlüssel steckte noch nicht im Schloss, da stand ich schon vor der Tür und freute mich wie Bolle. „Hast du fein aufgepasst und warst sooooo brav, da hast du dir aber eine Wurst verdient." Ja klar, Ich bin ja schließlich ein Wachhund. Das ist anstrengende Arbeit und macht außerdem sehr hungrig. Wenn ich schon nicht mehr die Türen öffnen darf, dann aber wenigstens aufpassen.

Obwohl, einmal durfte ich es noch.

Frauchen hatte sich ausgeschlossen, und alle Türen waren zu. Dieses Mal stand sie auf der falschen Seite der Tür. Zum Glück war sie nicht im Bademantel zum Briefkasten gegangen.

Ich dachte nur: „Typisch Mensch", weil ich auf einmal ihre Stimme sagen hörte: „Dina, mach Frauchen die Türe auf!"

Erst darf ich nicht, dann soll ich wieder auf die Türklinke springen. Können sich die Menschen einmal entscheiden, was sie wollen? Entweder ja oder nein. Ihr macht uns Hunde total kirre.

Also tat ich, wie mir geheißen, und sprang auf die Türklinke. Hoffentlich gibt das keinen Ärger. Nicht zu vergessen, ich darf es ja nicht mehr.

Was dann geschah, versetzte mich in Erstaunen. Ich wurde liebevoll umarmt und gelobt. Wie intelligent ich doch sei, ich sei die Beste und habe mir jetzt eine dicke Wurst verdient. Schließlich habe ich Frauchen die Tür geöffnet.

Welcher Hund soll da noch durchblicken?

Die Menschen denken nicht nur kompliziert, nein, sie sind es auch. Es heißt nicht umsonst: Der Mensch, das unbekannte Wesen. Egal, Hauptsache es gab eine Wurst.

Ich wurde wieder gelobt, während ich genüsslich meine Wurst mampfte. „Ach, Dina, was hätte ich nur ohne dich gemacht?" Blöde Frage Frauchen. Diesmal hättest du bis zum Jüngsten Tag auf der falschen Seite der Tür gestanden. Ich hätte es, im Gegensatz zu dir, eine Weile ausgehalten. Essen war genug da, ich hatte es gemütlich, warm und trocken. Aber auf Dauer wäre es alleine doch viel zu langweilig gewesen.

## *So viel zu dem Thema "Schoßhund"*

Die Tage vergingen, und es gab immer etwas zu tun. Toll war es, wenn wir abends meinen Spaziergang in eine bestimmte Richtung lenkten. Ja, die Zeit stimmte, die Richtung auch, und mein Gefühl gab mir recht. Wir gingen Tina entgegen.

Sie kam immer um die gleiche Zeit nach Hause, und es gab nur eine Strecke, die sie immer fuhr. Wir konnten sie nicht verfehlen.

Sie freute sich, uns zu sehen, bremste und schon flog die Beifahrertür auf. Der Spaziergang hatte zwar gerade erst begonnen, aber das war mir egal, unser Ziel war erreicht. Yeah, Autofahren war besser als jeder Spaziergang.

Frauchen kletterte vorne auf den Beifahrersitz und sah mich erwartungsvoll an.

Sie denkt doch nicht im Ernst, dass ich großes Kalb mich in den Fußraum setze. Die vordere Hälfte passt ja rein, aber was ist mit dem Rest von mir? Sie erwartet hoffentlich nicht, dass mein Hinterteil nebenher läuft.

Sie sagte nur: „Stell dich nicht so an, so breit bist du nicht." Nein, breit nicht, aber groß. Ich quetschte mich also in den Fußraum.

Auch wenn es nur eine kurze Strecke war, es war viel zu unbequem. Das geht doch besser.

Also beschloss ich, Frauchen auf den Schoß zu klettern. Ja, so war das viel besser. Jetzt konnte ich auch alles sehen. Ich hörte ein unverständliches und dumpfes: „Ich bekomme keine Luft mehr." Das verstehe ich nicht. Ich bin leicht wie eine Feder mit meinen 48 Kilo. Meine Gene haben mich auch nicht zu groß werden lassen. Es gibt Tiere, die größer sind als ich, und außerdem soll sie sich nicht so anstellen. Andere Frauchen haben auch Schoßhunde und beschweren sich nicht.

Die Menschen, die uns begegneten, haben sich kaputt gelacht. Ich weiß nun wirklich nicht warum?

Bei einer Tour war mein Frauchen nicht schnell genug, und ich setzte mich auf den Beifahrersitz. Ihr Platz war besetzt. So blieb ihr nichts anderes übrig, als draußen stehen zu bleiben. Ob sie nicht merkte, dass sie wieder einmal auf der falschen Seite der Tür stand?

Sie wollte zu Fuß gehen, es war ja nicht weit. Mein Frauchen hielt aber krampfhaft meine Leine in der Hand und machte keine Anstalten, diese loszulassen. Tina sah mich an und grinste. Das bedeutete, dieser Spaß würde mal wieder auf Frauchens Kosten gehen. „Dina, sollen wir mal ausprobieren, wie schnell dein Frauchen laufen kann?"

Oh nein, das tust du nicht!

Oh ja, Tina tat es! Sie gab Gas und wollte beschleunigen. Frauchen musste doch nur meine Leine loslassen. Ich saß doch im Auto. Aber Tina scherzte nur, denn sie hatte keinen Gang drin. Für uns beide war das total spaßig.

Zu Hause angekommen gab es wieder Action. Dafür habe ich schließlich den ganzen Tag gefaulenzt und meine Energie gespart. Tinas Mutter war sauer, weil ich den ganzen Tag nur rumgegammelt habe. „Kaum ist Tina da, dann bist du wach und tobst mit ihr herum." Heute wollte ich Leckerchen suchen. Ich quengelte so lange herum, bis Tina mich beim Suchen unterstützte. Sie ist genau so groß wie ich, ja, das stimmt, habe es schließlich ausprobiert. Es ist wirklich so. Wenn ich mich auf meine Hinterläufe stelle, dann kann ich meine Vorderpfoten auf ihren Schultern parken. Wir stehen uns dann Nase an Nase und Auge in Auge gegenüber. Für Leckerchen unter dem Schrank hervorzuholen hat sie aber einen riesen Vorteil.

Wir lagen nebeneinander auf dem Boden und lugten unter den Schrank. Tina neckte mich: „Na, kurze Arme, keine Kekse?" Sie fand das total lustig und lachte mich aus.

Na warte! Aus Rache zog ich ihr meine lange, nasse und warme Zunge durchs Gesicht. Ich weiß, dass sie das hasst. Sie knuffte mich liebevoll in die Seite, und eine wilde Balgerei entstand.

Es ging ein paar Minuten heiß her, als wir einen markerschütternden Schrei hörten. Wir waren beide so in unsere Rauferei vertieft, dass wir nicht hörten, dass Tinas Mutter sich uns genähert hatte.

„Dina, jetzt gib doch endlich mal Frieden." Meinem unschuldigen Gesichtsausdruck war zu entnehmen: „Ich habe nicht angefangen, Tina war's." Tinas Ausdruck sagte das Gleiche. „Dina war's." Und die Balgerei begann von vorne. Mein Frauchen rief: „Könnt ihr euch nicht wenigstens einmal benehmen? Denkt einmal an meine Nerven."

Aber Frauchen, du hast doch den ganzen Tag Ruhe.

Das war es aber, was sie störte. Sie wollte auch mit mir spielen. Mit Tina konnte ich aber viel besser toben. Da muss ich nicht so vorsichtig sein. Sie kann ein paar blaue Flecke vertragen und nimmt es mir nicht krumm, wenn ich versuche, ihr durch die Beine zu laufen. Kann ich was dafür, wenn sie mir im Weg steht und ihre Beine für meinen Körper zu kurz sind? Dann findet sie sich eben auf dem Boden der Tatsachen wieder. Sie ist dann kurz sauer, aber nachdem ich sie „gefällt" habe und sie sich auf meiner Augenhöhe befindet, lecke ich ihr das Gesicht ab. Das wirkt immer. Sie lacht dann und sagt: „Hau ab, du Ferkel."

Aber ich schweife schon wieder ab. Wir befinden uns noch immer im Wohnzimmer auf dem Boden.

Frauchen riss der Geduldsfaden und sie rief: „Dina, sitz! Jetzt hör endlich mal!"

Ich machte einen Schritt zurück, und die Gelenke meiner Hinterläufe stießen auf etwas Weiches. Tina entwich die Luft. „Kannst du nicht aufpassen, du Elefant?" Da sich zwischen uns und Frauchen meine Couch befand, hat sie nichts davon mitbekommen. Sie rief: „Es reicht jetzt, Dina sitz!" Ich tat, wie mir geheißen, und wunderte mich nur, dass Tina jetzt auch noch die Gesichtsfarbe wechselte. Was ist los? Ich habe doch nur das Kommando ausgeführt.

Tina stieß durch zusammengebissene Zähne hervor: „Steh auf, du Rhinozeros." Alle Achtung, Tina kennt sich gut in der Tierwelt aus. Sie versah mich mit sämtlichen Tiernamen wie Ferkel, Elefant, Rhinozeros und ab und zu auch Mäuschen, wenn sie von der Arbeit nach Hause kam. Es machte ihr einen riesigen Spaß, mich zu suchen. Ich versteckte mich dann immer, und sie rief: „Wo ist denn mein Mäuschen?" Dann komme ich jedes Mal wie eine Elefantenherde angaloppiert und benutze sie als Stopper. Irgendwie muss ich ja zum Stehen kommen. Sie fällt mir dann lachend um den Hals, und es ist wieder ein schöner Abschluss des Tages.

Aber ich schweife schon wieder ab. Ich sitze ja immer noch auf Tinas Rücken. Meine beiden Menschen waren sich mal wieder nicht einig. Tina sagt: „Steh auf!" Frauchen sagt: „Nein! Der Hund muss auch mal auf mich hören. Der macht mit mir, was er will, wenn du da bist. Dina sieht mich nur als Dosenöffner und Gassigeher." „Ja, im Prinzip hast du ja recht, aber nicht wenn dieses Plumeau auf meinem unteren Rücken parkt." „Oh, tschuldige, habe ich nicht gesehen. Dina, steh sofort auf!"

Ja was denn jetzt? Sitz, steh auf, steh auf, sitz, könnt Ihr Euch bitte einmal entscheiden? So schwer kann das doch nicht sein!
Aber so sind die Menschen nun mal, wir müssen sie so nehmen, wie sie halt sind. Wenn sie A sagen, meinen sie B, und wenn sie B sagen, meinen sie A. Genauso haben viele eine Rechts-Links-Schwäche. Aber wir Tiere sind ja intelligent und anpassungsfähig und merken sehr schnell, dass viele Menschen viel zu kompliziert denken. Das beweisen sie uns jeden Tag. Das Leben könnte für sie wesentlich einfacher sein, würden sie verstehen, dass sie viel von uns lernen können. Der Instinkt, der uns Tiere leitet und beschützt, hilft allen Lebewesen. Auch Menschen. Sie müssen nur lernen, darauf zu hören und zu verstehen.

## Wellness für das Wohnzimmer

Okay, es gibt ein Thema, wo meine Freundschaft zu meinen Menschen endet. Nämlich: die Badewanne. Ich hasse es. Ich bin eigentlich eine Wasserratte. Aber baden? Igitt! Lauwarmes Wasser und Hundeshampoo. Da liebe ich doch meinen See. Mein Frauchen war der Meinung, dass ich zweimal im Jahr in die Wanne gehöre. Ihr graute immer davor, aber es musste sein. Es war ein Drama.

Ja, warum macht sie es dann?

Es waren meine 48 Kilo, die sich mit jeder Faser meines Körpers sträubten, in die Badewanne gehievt zu werden. Das war ein Kraftakt für meine Menschen. Dann lasst es doch sein, dachte ich so bei mir. Ich habe mich hängen lassen wie ein nasser Sack, was es meinen Menschen auch nicht leichter machte. Ich war auf einmal wie eine Krake mit acht Beinen mit Saugnäpfen dran. Waren alle meine vier Beine in der Wanne, schwups, befanden sich zwei schon wieder draußen.

Auf einmal hatten sie es geschafft.

Oh Tina, wir sind ja dicke Freunde, aber hier hört meine Freundschaft auf. Das gibt Rache, und die wird richtig süß. Klatschnass und frisch eingeseift sprang ich Tina in die Arme. Ich glaube, die Menschen sagen dazu: Geteiltes Leid ist halbes Leid.

Ich wollte ihnen das Vergnügen nicht vorenthalten. Ich war fair, und beide wurden nass bis auf die Haut. Ich weiß nicht, warum die das nicht so lustig fanden wie ich. Das Tollste kommt ja noch! Mein Frauchen schimpfte: „Du Ferkel, jetzt kommst du in die Dusche."

Da war ich schnell drin und noch schneller wieder draußen.

Ich lief ins Wohnzimmer und verteilte stolz das Wasser und das sich auf mir befindliche Shampoo auf dem Teppichboden und massierte es wälzenderweise in die Fasern ein. Ich habe Frauchen schon oft dabei beobachtet, wie sie den Teppichboden shampooniert. Ich wollte ihr doch nur die Arbeit abnehmen. Ein markerschütternder Schrei drang an meine empfindlichen Ohren. Frauchen weiß doch, dass ich Türen öffnen kann, und Arbeit habe ich ihr auch abgenommen. Manchmal stellt sie sich auch wirklich an. Wenn alles trocken ist, braucht sie nur noch zu saugen, und das Wohnzimmer glänzt wieder.

Da soll einer die Menschen verstehen, ich weiß nicht, was sie hat. Außer weniger Arbeit.

Ein Bad zu dritt macht wirklich Spaß. Jetzt ging es los. Das Badezimmer musste geputzt werden, meine beiden Menschen mussten sich, einer nach dem anderen, duschen und frische Sachen anziehen, weil die anderen reif für die Wäsche waren. Das hätten sie sich alles ersparen können, aber sie müssen mich ja baden. Selber Schuld.

Während der Aktion lag ich friedlich schlummernd in ein dickes Bettuch gewickelt in meinen Körbchen und träumte von etwas Leckerem zum Essen. Seien wir mal ehrlich, so ein Bad macht ganz schön hungrig.

Da ich immer leidend war nach so einer Vollwäsche, wurde ich danach auch immer verwöhnt.

Gewusst wie! Solltet ihr auch einmal ausprobieren! Funktioniert immer. Ohren hängen lassen, trauriger Dackelblick und einfach nur den Körper in sich zusammensinken lassen. Liebe Hundekumpels, versucht es einfach. Die Menschen lassen sich wirklich gut dressieren. Ich spreche da aus Erfahrung.

Ich meide das Badezimmer, so gut es geht. Außer bei Gewitter, da bekommt selbst Tina mich nicht raus. Es ist der einzige Raum ohne Fenster. Wir Hunde haben ein Frühwarnsystem für Gewitter und verkrümeln uns, bevor es losgeht. Nicht alle, aber ich schon. Ich habe Angst davor.

Es gibt aber noch eine Ausnahme, in der ich freiwillig das Bad betrete: wenn Wellness für Frauchen angesagt ist. Die Badewanne läuft voll, es duftet so gut nach Badezusatz, und dann erst der ganze Schaum! Das wahre Paradies. Ja, das gefällt mir, das ist etwas für meine Nase. Bin ja schließlich ein weibliches Wesen. So ein Schaumbad ist nicht zu verachten. Frauchen ist da leider ganz anderer Ansicht. Jetzt will ich mal freiwillig in die Wanne, da schließt sie die Tür vor meiner Nase.

Dieses Mal stand nun ich wie bestellt und nicht abgeholt auf der falschen Seite der Tür. Nämlich draußen. Ich hörte das Wasser plätschern.

Das konnte jetzt wohl nicht ihr Ernst sein, so was Tolles alleine genießen zu wollen. Ich bin schließlich auch ein Mädchen und stehe auf so einen Kram. Blödes Spiel, aber ich bin ja schlau und habe mir Zutritt verschafft.

Ich öffnete die Tür und steuerte auf direktem Wege die Badewanne an. Habe ich schon erwähnt, wie gut es duftet? Jiepieh, es ging ab in die Wanne. Dass das Wasser überschwappte, störte mich herzlich wenig. Ich war schon halb in der Wanne, als Frauchen rief: „Raus aus der Wanne mit dir, du Kalb!"

Jetzt gehe ich freiwillig rein, dann ist es auch nicht richtig! Verstehe einer diese Menschen.

Mit Tina baden macht allerdings viel mehr Spaß. Obwohl, der Spaßfaktor scheint bei ihr allerdings nicht anzukommen.

Ich sollte mal wieder gebadet werden. Leute, es kann nicht sein, dass schon wieder seit dem letzten Bad ein halbes Jahr vergangen ist. Seht bitte im Kalender nach! Es kann nicht stimmen. Aber meine Menschen ließen sich nicht von ihrem Vorhaben abbringen. Ich habe aber keinen Bock. Heute habe ich keine Lust auf Mädchenkram!

Tina trug ihren Badeanzug und setzte sich in die leere Wanne. Supiiii, ich sprang direkt hinterher. Das wird bestimmt lustig.

Ich parkte mein überdimensional großes Hinterteil auf ihren Beinen. Ein Entkommen war unmöglich. Ich habe ihren Plan durchschaut. Sie wollte mich in die Wanne locken und dann wieder abhauen. Den Plan hatte sie allerdings ohne mich gemacht. Jetzt werden wir beide geschrubbt, bis wir glänzen. Sie saß in der Falle. Wie sagen die Menschen doch immer: „Mit gehangen mit gefangen."

Wozu hat man denn gute Freunde, wenn nicht, um alles mit ihnen zu teilen.

Nachdem mein Frauchen uns eingeweicht hat, kam der Hauptwaschgang. Sie seifte mich überall ein und hielt meine Ohren hoch, damit kein Wasser eindringen konnte. Bin halt eine kleine Diva und ein Sensibelchen. Sie hielt den Brausestrahl genau in meine Richtung.

Aber was war das?

Ich wurde nicht nass! Wo ging das ganze Wasser hin? Es war mir ein Rätsel. Vielleicht wäre es gut gewesen, mal nachzusehen, wohin das Wasser verschwand. Mein Frauchen wunderte sich nur, dass der Schaum sich nicht von meinem Fell verabschieden wollte, und schimpfte: „Ich verstehe das nicht." Den gurgelnden Worten, die dann folgten, entnahm ich, dass Tina das Wasser die ganze Zeit ins Gesicht bekam. Upsi, das war wohl nicht im Sinne des Erfinders.

Frauchen hat sich gleich bei Tina entschuldigt, es würde ihr ja sooooo leidtun. Aber Frauchens Miene drückte etwas anderes aus. Tina saß wie ein begossener Pudel in der Wanne. Von oben bis unten tropfnass. Ah, jetzt verstehe ich auch, warum Tina einen Badeanzug trug. Die Menschen sind doch schlau. Sie erwiderte ihrer Mutter: „Du kannst ruhig lachen, brauchst dafür auch nicht das Badezimmer zu verlassen. Ich höre Dich trotzdem." Diesmal lag Frauchen vor Lachen auf dem Boden und bekam keine Luft mehr. Tina konnte sich nicht länger zusammenreißen und stimmte mit ein. Es war herrlich, wir hatten alle drei wieder sehr viel Spaß.

Vor allen Dingen, wenn man bedenkt, wie es in so einem kleinen Raum schallt. Selbst die Nachbarn hatten etwas davon. Ach, es ist doch immer schön, Menschen etwas Freude bereiten zu können.

Als ich fertig war, wurde ich, wie immer nach so einer Badeaktion, in flauschige Bettücher gewickelt. Ich zitterte wie Espenlaub und war leidend. Ich hatte, mir meine Wurst verdient. Es ist doch schön, so umsorgt zu werden.

Wäre ja dumm, das nicht auszunutzen. So haben wir schließlich alle etwas davon.

## Mein Bett, dein Bett

Ich gewöhnte mich an Frauchens Rhythmus. Die meisten Menschen funktionieren wie ein Schweizer Uhrwerk. Präzise und bis auf die letzte Minute verplant. Selbst wenn sie nicht mehr im Berufsleben stehen. Die Zeiten für Gassi gehen, fressen, Mittagsschlaf, spielen und faulenzen waren ziemlich festgelegt.

Außer im Winter, da war es etwas gemütlicher.

Wenn es früh morgens noch kalt, nass und dunkel draußen ist, ist so ein vorgewärmtes Bett doch etwas Feines. Aber irgendwie musste ich Frauchen dazu bringen, „freiwillig" ihr mollig warmes Bett zu verlassen.

Wir Hunde sind ja schlau. Ich quengelte so lange herum, bis Frauchen das Bett verließ und angezogen mit der Leine in der Hand vor mir stand. „Los raus aus meinem Bett, du wolltest doch hinaus auf die Straße."

Hatte sie etwa den Verstand verloren?

Ich lag gut zugedeckt im warmen gemütlichen Bett. Ich sollte freiwillig Gassi gehen? Neeeee. Menschen sind doch manchmal komische Wesen. Draußen ist es kalt, nass und dunkel. Was soll ich draußen? Sie sollte doch nur Platz machen, ich wollte doch ins Bett. Da bin ich und da bleibe ich. Lass mich noch ne Stunde schlafen.

Das ging einige Tage so, und Frauchen hat schnell gelernt, was ich wollte. Prima, geht doch. Da soll noch einer sagen, Menschen seien schwer von Begriff. Sie sind klug und lassen sich oft von uns um die Pfote wickeln. Das Spaßige an der Sache ist, sie merken es und fallen trotzdem immer wieder darauf herein.

Na ja, es gibt auch bei den Menschen Grenzen, wie ein warmes Bett im Winter zum Beispiel. Wie jeden Morgen stand ich quengelnd vor ihrem Bett. Frauchen sprang laut schimpfend aus demselbigen und lief ins Badezimmer. Super, dachte ich mir, hat ja wieder geklappt. Ich bin wirklich stolz auf mich und meine Erziehungsmethoden. Ich sollte aber heute Morgen mein blaues Wunder erleben. Ich hatte meinen Revuekörper noch nicht unter dem Plumeau vergraben, da stand Frauchen mit ihrem Bademantel bewaffnet vor mir.

So kann sie doch nicht auf die Straße gehen. Sie blamiert mich doch bis auf die Knochen. Was werden meine Hundekumpels von mir denken? Was für eine Blamage.

Sie öffnete die Tür, aber wo war die Leine? Dann hörte ich sie sagen: „Ab in den Garten Pipi machen." Jetzt war sie wirklich von allen guten Geistern verlassen. Ich sollte bei diesem Hundewetter, dieser Kälte, im Dunkeln alleine vor die Tür? Ich streckte meine Nase raus und beschloss, schleunigst den Rückwärtsgang einzulegen. Neeeeee, bei aller Liebe, vergiss es. Wenn du frische Luft brauchst, bitte, ich halte dich nicht auf. Ich kann warten. Und so fasste ich den Entschluss, mich ins Bett zu verkrümeln. Frauchen hat ja netterweise Platz gemacht.

Dann ging eine wilde Rangelei um das Bett los. Wer als Erste drinnen ist, hat gewonnen. Ich drehte mich um und rannte wie von einer Tarantel gestochen Richtung Bett. Eins, zwei, drei, meins.

Frauchen, wenn du willst, meine Couch ist noch frei! Okay, die Klügere gibt nach. Das war dann wohl ich. Ich verzog mich ans Fußende des Bettes, übte mich in Geduld und wartete auf das gewohnte monotone Geräusch, das uns Tieren signalisiert: Dein Mensch schläft tief und fest. Und wie die schlafen! Wir hören in diesem Zustand jedes Geräusch, wir sind ja auch Wachhunde. Aber wenn die Menschen schlafen, bekommen sie selten irgendetwas mit. Dafür haben sie ja uns. Ich wartete, robbte hoch und kuschelte mich unter die Decke. Jaaaaa, so ist der Winter schön.

Mit der Zeit bewegte Frauchen sich, und es wurde eng im Bett. Okay, wer nicht hören will, muss fühlen. Ich stemmte alle vier Beine gegen die Wand und streckte mich genüsslich. Ja, noch ein paar Zentimeter und ich hatte das Bett für mich alleine. Wir Hunde sollten die Menschen aber nicht unterschätzen. Sie verteidigen ihr „Revier". Dumm nur, dass Frauchen sich mit aller Kraft gegen den Rahmen des Bettes stemmte und dann noch Erfolg damit hatte.

Wir trafen einen Kompromiss. Ich machte etwas Platz, und dafür durfte ich bleiben. Na ja, es hätte mich schlimmer treffen können. Ich gebe mich ja auch mit kleinen Siegen zufrieden. Mühsam ernährt sich das Eichhörnchen. Es gibt ja noch viele Winter, und das letzte Wort ist noch nicht gesprochen.

Frauchen stand auf, und ich beschloss, noch nicht ausgemurmelt zu haben. Endlich Platz, das ganze Bett für mich alleine. Kann es etwas Schöneres geben?

Ja, ging es mir gerade durch den Sinn. Wenn mich mein Gefühl nicht täuscht, hat Tina heute frei und kommt bald. Sie murmelt halt morgens auch gerne etwas länger, wenn sie die Möglichkeit dazu hat.

Sie werden jetzt bestimmt denken: Wie kann man einen Hund im Bett schlafen lassen! Erstens darf ich das nur, wenn ich sauber bin, und zweitens ist das jedem selber überlassen. Da mein Frauchen alleine ist, erlaubt sie es mir. Aber seien wir mal ehrlich, hinter vorgehaltener Hand, wer würde wirklich zugeben und in der Öffentlichkeit dazu stehen, dass es so ist.

Für mich wird es ein superschöner Tag. Meine beiden Menschen haben immer sehr viel zu tun. Das Schöne daran ist, sie nehmen mich so oft es geht mit. Außer im Sommer, wenn es zu heiß für mich ist. Da muss ich zu Hause bleiben. Das ist auch Okay, die beiden wissen, was mir gut tut.

Tina klingelte, und wir fuhren mit dem Auto weg. Das ist toll, ich liebe Autofahren, und wenn meine beiden Menschen dabei sind, ist das genial. Wir haben viel Spaß zusammen. Ich muss nur immer sehen, wo die Zwei hingehen, dann bleibe ich auch im Auto sitzen. Einmal habe ich nicht aufgepasst, und sie waren weg. Es dauerte länger, und ich langweilte mich. Wenn sie aussteigen, lösen sie meine Leine, damit ich mich frei im Auto bewegen kann. Die Fenster standen offen, damit frische Luft hineinkommt. Mir kam eine Idee. Ich habe Tina beobachtet, wie sie auf die Mitte ihres Lenkrades drückt, und es wird sehr laut. Ich muss mir ja irgendwie die Zeit vertreiben. Ich drückte, so fest ich konnte, meine Pfote darauf. Jiepieh, das macht Spaß, jede Menge Krach, und die Leute bleiben stehen. Eine Frau rief total überrascht: „Da sitzt ja ein Hund hinter dem Steuer." Supiii, ich wurde erkannt.

Tina kam lachend aus dem Geschäft, ihre Mutter im Schlepptau, und meinte: „Das kann nur Dina sein. So ein Scheiß fällt keinem anderen Hund ein." Oh, das musste ich mir merken. Menschen reagieren auf Geräusche, wieder was gelernt. Ich werde die beiden schon erziehen können. Sie sind schlau und lernen schnell.

Wir fuhren weiter, und ins nächste Geschäft durfte ich mit hinein. Oh, soooo muss das Paradies aussehen und auch riechen. Wir befanden uns in einer großen Zoohandlung. Ob hier Selbstbedienung ist? Muss ja schon, weil die Kekstheke offen war. Durch meine Größe habe ich den totalen Überblick. Frauchen und Tina füllten abwechselnd einen Eimer mit Keksen aller Art und jeder Größe. Hau voll das Ding! Es gibt noch genug leere Eimer. Ich bin ein großer Hund, da passt viel rein. Außerdem muss ich auch ein bisschen Vorrat haben, wenn mein Kumpel kommt. Ich war so mit meinen Keksen beschäftigt, dass ich nicht merkte, wie sich uns eine Verkäuferin näherte. Sie rief: „Ist der aber süß, der sieht aber niedlich aus." Ich legte meinen treuesten Hundeblick auf, den ich hatte, und gab auf Wunsch „Pfötchen". „Nein, ist der putzig." Hallo, ich wiege 48 Kilo, habe keine Pfötchen und bin auch nicht putzig. Aber hier ist mein Stolz fehl am Platz. Putzig ist vielleicht nicht der richtige Ausdruck. Aber Hauptsache es gibt Kekse.

„Darf der Süße sich einen Keks nehmen?"

Erstens bin ich eine Sie und zweitens, was soll ich mit einem Keks? Das ist etwas für einen kleinen Fiffi. Ich bekam grünes Licht, mein Kiefer klappte auf und bannte sich wie ein Schaufelbagger seinen Weg durch die Kekse. Jeder Millimeter meiner Schnauze wurde ausgenutzt. Atmen konnte ich ja schließlich auch noch durch die Nase. Tina rief: „Dina, du bist unverschämt. Du bekommst den Hals nicht voll." Stimmt, Tina, im Hals sind noch keine.

Ich düste mit meinem Schatz ab und mampfte erst einmal genüsslich meine gerade erstandenen Kekse. Als ich fertig war, wollte ich Nachschub holen. Tina war da anderer Meinung. „Dina, jedes Kilo mehr auf der Waage müssen wir bezahlen. Du hast dich eben freiwillig wiegen lassen. Du hast genug genascht." Okay, ist ja schon gut. Der Nachhauseweg dauert ja auch noch ein bisschen. Da habe ich Zeit, meine Tüten auszupacken.

Meine beiden Menschen legten alles Gekaufte in den Fußraum vor die Rückbank. Ich hatte freie Auswahl. Genüsslich öffnete ich eine Tüte nach der anderen. Das ärgerliche, von vorne kommende „Dina, lass das sein!" ignorierte ich einfach. Ich suchte mir der Reihe nach die leckersten Sachen aus. Ja, Essen auf Rädern ist toll. Will ich öfter haben. Zu Hause angekommen war ich für kurze Zeit satt. Okay, ein Keks passt immer noch rein.

Später kam mein Kumpel, der um die Ecke wohnt, vorbei. Frauchen öffnete ihm das Gartentörchen, und ich zeigte ihm unsere Einkäufe. Er war einer der ganz wenigen Vierbeiner, der mein Revier betreten durfte. Wir gingen in die Küche, und ich holte ihm die Tüten vom Tisch. Er war mit seinen kurzen Beinen im Nachteil.

Wir speisten gerade einträchtig nebeneinander, als ich mein Frauchen sagen hörte: „Die sind so still, da stimmt etwas nicht." Tina rief entsetzt: „Die Kekse." Sie kam in die Küche gestürmt und rief: „Das musst du sehen." Ich weiß nicht, was sie hat. Wir lagen friedlich mampfend zwischen den aufgerissenen Tüten. Manchmal stellen Menschen sich aber auch an. Sie sollen doch froh sein, dass wir uns so gut verstehen.

Da fällt mir ein, ich habe schon öfter Essen vom Tisch geklaut. Es klingelte. Der Briefträger stand vor der Tür und hielt ein Schwätzchen mit meinem Frauchen. Okay, sie war abgelenkt. Lag da nicht noch ein frisches rohes Schnitzel auf dem Tisch? Es wäre doch eine Schande, wenn es schlecht werden würde. Also mampfte ich es auf. Frauchen kam in die Küche und sah den leeren Teller.

„Wo ist das Schnitzel?" Ich saß vor ihr und blickte sie ganz stolz an. „Wo ist das Schnitzel?" Frauchen ich bin nicht vergesslich, das hast du mich schon einmal gefragt. Ich schmatzte und leckte mir die Lefzen. Ich bin ja gut erzogen und habe ihr mit einem freudigen Wuff geantwortet. Sie war ganz schön sauer und erzählte es abends Tina. Die wollte wissen, wie ihre Mutter mich mit dem Fleisch überhaupt alleine lassen konnte. Es ist genauso, als würde man einen Bären mit einem Glas Honig alleine lassen und erwarten, dass er die Tatzen davonlässt.

Übrigens, die Menschen sagen: „Aus Schaden wird man klug." Mein Frauchen nicht! Sie hat mich noch öfter mit Essen alleine gelassen. Auf diesem Wege kam ich auch noch zu einem großen Stück Käse, und die Butter war auch nicht zu verachten. Hmhm… lecker schmecker. Alles leckere Sachen, die wir Hunde lieben. Ob sie gesund für uns sind, sei jetzt einmal dahingestellt.

# „Sina ditz"

Auf einmal tönte das Kommando „Sina ditz!" durch den Raum. Ich stellte meine Verfolgungsjagd, die ich mir mit Tina bot, ein und bremste unwillkürlich vor meinem Frauchen. Meinem Gesichtsausdruck war Verwirrung zu entnehmen, und es bildete sich ein großes Fragezeichen über meinem Kopf.

Was sollte ich tun?! Dieses Kommando kenne ich nicht.

Plötzlich hörte ich ein mir bekanntes Geräusch, das ich so sehr liebe. Zugegeben, es ist etwas gewöhnungsbedürftig. Tina, die Tochter meines Frauchens, kugelte sich vor Lachen auf dem Boden, wechselte ihre Gesichtsfarbe und erinnerte mich sehr an einen Fisch, der im Trockenen liegt und nach Luft schnappt. Das bedeutete immer Action und zeigte mir, ich habe wieder einmal für gute Laune gesorgt.

Ja, Streiche spielen ist toll, und ich bringe sie gerne zum Lachen. Sie lacht so laut und intensiv, dass ihr dabei die Tränen herunterlaufen. Egal was ich angestellt habe, durch ihr Lachen ist Frauchen meistens wieder besänftigt und lacht mit. Auch wenn die Streiche meistens auf ihre Kosten gehen. Tinas Lachen ist einfach ansteckend. Ich freue mich dann immer und hüpfe vor Freude wie ein Ziegenbock durch die Wohnung. Es herrscht so eine positive Energie, und die Anspannung der Situation löst sich sofort auf.

Als Tina nach ihrem länger andauernden Lachanfall endlich wieder zu Atem kam, fragte sie ihre Mutter: „Was soll Dina tun?"

„Ist doch klar. Ditz machen." Was wiederum einen Lachanfall bei Tina auslöste. Nachdem sie sich einigermaßen beruhigt hatte, fragte sie ganz vorsichtig: „Kann es sein, dass das Kommando ‚Dina sitz' lauten sollte?" „Ja, natürlich!", kam als Antwort. „Ihr zwei treibt mich noch in den Wahnsinn." Das ist bestimmt nicht unsere Absicht, aber Spaß macht es trotzdem.

Wir zwei sind ein tolles Gespann. Auch wenn Frauchen das manchmal anders sieht. Mit Tina ist eben immer etwas los. Wenn nicht, dann fällt mir etwas ein, um keine Langeweile aufkommen zu lassen. Sie lässt sich immer so toll zum Spielen animieren. Es sollte zwar umgekehrt sein, aber sie ist total locker drauf und sieht das nicht so eng. Ich weiß aber, wenn ihre Stimme ernst und leise wird, sollte ich hören. Mit Tina kann ich „Pferde stehlen", wie die Menschen sagen. Sie lässt mir sehr vieles durchgehen. Ich kenne aber meine Grenzen und spüre ihre Energie, die mir zu verstehen gibt, wann es besser ist, zu hören. Sie schlägt mich nicht und brüllt mich auch nicht an, wie ich es von früher her kenne. Sie spürt instinktiv, was das Beste für mich ist, und hat allein schon dafür meinen Respekt verdient. Sie gibt mir mit ihrer Energie, ihren Gedanken und mit Bildern zu verstehen, was sie von mir erwartet.

Okay, ihrer Mutter gegenüber ist das nicht fair von mir. Aber mein heimliches Frauchen ist halt Tina. Wir haben uns gesehen, und es passte ganz einfach. Menschen würden jetzt sagen: „Es war Liebe auf den ersten Blick."

Das ist es auch, was ich anwenden kann, wenn ich etwas erreichen möchte. Einen Augenaufschlag und einen treuen Blick aus meinen großen, braunen Augen und ich kann sie um meine Pfote wickeln.
Was ich natürlich nieeeeeeemals ausnutze.

Meine Tage verlaufen ganz normal. Spazieren, fressen, schlafen, spielen, Streiche spielen und schwimmen.

Ja, Ihr habt richtig gehört! Schwimmen. Außer fressen und faulenzen meine liebste Beschäftigung. Ich war schon immer eine Wasserratte. Mein Frauchen hat mir sogar einen eigenen See organisiert. Frauchen bot mir alles, um mir ein schönes Leben zu ermöglichen. Es war einfach toll. Wenn Tina nur öfter bei mir wäre.

Sie musste den ganzen Tag arbeiten und kam erst abends vorbei, um uns zu besuchen. Sie kam oft gestresst, niedergeschlagen und fertig von der Arbeit nach Hause. Wir sahen uns in die Augen, und der Tag war vergessen. Ich spürte in Ihre Energie hinein und wusste genau, was sie jetzt brauchte.

Trost, Bespaßung oder einfach nur meine Anwesenheit. Ich finde immer eine Möglichkeit, sie ihren Alltag vergessen zu lassen. Auf jeden Fall weiß ich, dass ich gebraucht werde, und das gibt mir ein tolles Gefühl. Das ist ein wertvolles Geschenk, und sie lassen es mich spüren, dass ich ihnen etwas bedeute und ihnen auch viel zurückgeben kann. Ich habe Menschen gefunden, die es gut mit mir meinen und denen ich mein Leben, meine Liebe und meine Seele anvertrauen kann. Ich bin zu Hause angekommen.

## Briefträger knutschen und Jogger erschrecken

Mein Leben ist sehr abwechslungsreich und spannend. Ich weiß nie, was passiert, nachdem ich Frauchen morgens aus dem Bett geschmissen habe, um es mir dann so richtig gemütlich darin zu machen.

Mein Mensch ist ja schließlich nicht freiwillig so früh aufgestanden und braucht erst einmal einen Kaffee, um wach zu werden. Bis sie dann im Bad fertig ist, kann ich noch eine Runde schlummern. Danach geht's spazieren und dann wird gefrühstückt. Es stehen soooo leckere Sachen auf dem Tisch. Ich bedauere meine kurzbeinigen Kollegen, denen dieser Anblick nicht vergönnt ist. Mit vollem Bauch macht der Anblick des Briefträgers auch viel mehr Spaß. Zugegeben, er besticht mich, bringt mir Leckerchen mit und knuddelt mich immer liebevoll. Solche Männer gibt es auch. Eine ganz neue Erfahrung!

Mit der Zeit habe ich gelernt, dass ich nicht vor allen Männern Angst haben muss. Jetzt bin ich groß, stattlich und muskulös gebaut und habe eine tiefe Stimme bekommen. Leute, die mich nicht kennen, begegnen mir mit Respekt, und das ist auch gut so. Ich will wissen, mit wem ich es zu tun habe. Dass ich eine totale Schmusekatze bin und keiner Fliege etwas zuleide tun kann, brauchen nur wenige Menschen zu wissen. Das sind die, denen ich vertrauen kann. Außer, es geht um meine beiden Menschen. Die darf keiner bedrohen oder gar schlagen. Ich glaube, dann sehe ich rot und kann für nichts mehr garantieren.

Der Briefträger allerdings wird in der ganzen Nachbarschaft gerne gesehen. Ab und zu, wenn er Urlaub hat, gibt es fremde Briefträger zum Nachtisch. Ich sitze ganz brav vor dem Tor und fixiere den Menschen in Uniform mit meinem Blick. Da hilft auch kein gut gemeintes: „Die tut nichts, die ist ganz brav." Meine Größe alleine reicht schon aus. Stehe ich mit den Vorderpfoten auf dem Tor, um besser sehen zu können, kommt die Post wie von Geisterhand um die Ecke geflogen.

Tage später stand der vertraute Briefträger vor der Tür. Natürlich mit Leckerchen bewaffnet. Er lachte, als er erfuhr, auf welchem Wege wir die letzten Tage unsere Post bekommen haben. „Die wissen nicht, wie man mit Hunden umgeht." Er nahm meinen Kopf und wuschelte mir durchs Fell. „Du bist doch so süß und freundlich." Die ganze Nachbarschaft war happy, dass sein Urlaub beendet war.

Das bewährte Prinzip funktioniert immer: braver Hund - Leckerchen, Leckerchen - braver Briefträger.

Dieser Mensch ist schlau und versteht unser Prinzip. Als Nächstes steht ein Jogger auf meinem Unterhaltungsprogramm. Fitness ist sehr gut, vor allem, wenn ich zusehen kann und Spaß dabei habe.

Es gibt einen Jogger, der wahnsinnige Angst vor Hunden hat. Er nimmt aber immer die Strecke, wo wir alle gerne spazieren gehen. Ich vermute, er braucht den Adrenalinkick und das Gefühl, mal wieder mit dem Leben davongekommen zu sein, wenn ein Yorkshire Terrier vor ihm steht.

Ich setze mich auf den Weg, halte meinen Schnüffler in die Luft und inhaliere Angst. Ah, er ist unterwegs, gleich geht das Unterhaltungsprogramm los.

Da kommt er auch schon in Sichtweite. Mein Frauchen hält mich immer kurz, damit ich nicht auf dumme Gedanken komme. Sie gönnt mir auch gar keinen Spaß. Dann geht es richtig los, und es gibt Action. Er steht vor uns, wirft total hysterisch und unkontrolliert seine Arme und Beine durch die Luft. Es macht zwar für mich keinen Sinn, sieht aber total witzig aus. Dann schreit er aus vollem Halse: „Halten Sie die Bestie fest! Die will mich fressen!" Okay, wäre bei meiner Größe möglich, aber der ist total uninteressant. An ihm ist ja nichts dran. Viel zu dürr und zu hektisch. Würde davon nur einen nervösen Magen bekommen. Menschen stehen nicht auf meiner Speisekarte. Nachdem er sich abreagiert hat und seine Beine wieder festen Boden gefunden haben, läuft er seines Weges. Tina erklärte ihm, wenn er langsam an den Hunden vorbeigeht, dann passiert ihm auch nichts. Dem ist nichts mehr hinzuzufügen.

Ich kann ja ein Luder sein, und seien wir einmal ehrlich, wer könnte da widerstehen, denn die Sache macht tierisch viel Laune. Ich sehe mein Frauchen mit großen, treuen und unschuldigen Augen an und schicke dem Jogger ein tiefes und dunkles „Wuff" hinterher. Ich liebe es, zu sehen, wie hoch er springen kann. Deshalb kam auch nur ein tadelnder Fingerzeig von meinem Frauchen. Aber insgeheim musste auch sie lachen.

Es gibt sehr wenige Menschen, die meinem Blick widerstehen können. Ich habe sehr große und von langen Wimpern eingerahmte braune Augen. Es gibt einige Menschen, die mir nicht in die Augen sehen können. Ich habe gelernt, um solche Menschen einen großen Bogen zu machen.

Aber nun zu dem nächsten Punkt meines Unterhaltungsprogramms. Ich habe den Luxus, stolzer Besitzer eines eigenen Sees zu sein. Frauchen hat den Schlüssel zu dem See bekommen, um ab und zu nach dem Rechten zu sehen. Dort darf ich frei herumlaufen, ganz ohne Leine. Es ist alles eingezäunt, sodass ich auch nicht weglaufen kann. Ich muss mich vor dem Tor immer hinsetzen und waaaaarten, bis Frauchen dann endlich den richtigen Schlüssel gefunden hat. Wir gehen hinein, und ich muss mich schon wieder hinsetzen, bis sie wieder abgeschlossen hat.

Ich scharrte schon mit den Pfoten, als sie endlich die Leine löste. Jetzt hieß es für mich, Nerven behalten! Meine Vorderpfoten drehten durch, und mein

Hinterteil tat so, als berühre es den Boden. Mein Körper war angespannt wie ein Flitzebogen und wartete nur auf ein Kommando.

Vorher taucht aber noch Frauchens Finger vor meiner Nase auf, wild herumfuchtelnd mit den mahnenden Worten: „Jetzt aber langsam!" Ach Frauchen, wann begreifst du endlich, dass das keinen Sinn macht. Ich bin und bleibe eine Wasserratte, da können mich auch deine mahnen Worte nicht bremsen.

Ich flog also mit wehenden Ohren die Böschung hinunter Richtung Wasser. Ich lief, überschlug mich, kugelte den Hang hinab, um mich zum Schluss von oben mit einer „Arschbombe" bei den im See lebenden Wesen anzumelden. Die dann vor lauter Freude aus dem Wasser sprangen, um zu sehen, wer für dieses Seebeben verantwortlich war.

Sorry, für den nicht sehr damenhaften Ausdruck. Aber wenn ich Wasser rieche, vergesse ich meine gute Erziehung.

Ich tauche unter, schwimme ein Stück hinaus und laufe dann wieder die Böschung hinauf, um mich erneut ins Wasser zu stürzen. Mit meinen 48 Kilo habe ich die Wasserverdrängung einer Elfe. Außerdem befreie ich den See von Ästen, was die Angler immer freut, da ihnen so nie das Feuerholz ausgeht.

Ja, so sieht ein glückliches Hundeleben aus.

Das Tüpfelchen auf dem I ist, wenn Tina uns begleitet. Da geht immer die Post ab. Wir sehen danach alle aus wie die Ferkel, aber es ist einfach nur genial.

Heute ist wieder so ein Tag, total coooool. Ich kam aus dem See und wollte mich schütteln, als Tina mich total entsetzt ansah und sagte: „Geh zu Frauchen." Da ich ja ein sehr wohl erzogener und auf das Wort hörender Hund bin, habe ich das natürlich getan. Für Tina tue ich alles! Ihre Mutter sah mich ebenfalls entsetzt an und sagte nur: „Wage es ja nicht, dich jetzt und hier zu schütteln." Ich wollte aber unbedingt das Wasser, den Schlamm und die Pflanzen loswerden. Und auf Tina hören. Also tat ich, worum mich Tina gebeten hat, und wurde alles los. Ich habe mich so lange geschüttelt, bis ich sauber war. Ich hörte Frauchen durch zusammengebissene Zähne sagen: „Das wirst du mir büßen, du Ferkel."

Auf einmal hörte ich das mir so lieb gewonnene Geräusch, das ich nicht beschreiben kann. So eine dreckige Lache muss man selber gehört haben. Ich liebe es, denn dann weiß ich, ich habe wieder was ganz Tolles gemacht, worauf ich stolz sein kann. Tina lag mehr auf dem Stuhl, als dass sie saß, und bekam vor Lachen kaum noch Luft. Dass ihre Mutter wieder einmal der Anlass dafür war, störte sie nicht im geringsten.

Solche Tage waren die reinste Erholung für meine Seele. So viel positive Energie ließ meine Vergangenheit verblassen. Ich konnte mich entspannen und ein tolles, liebevolles und sicheres Leben mit meinen Menschen genießen. Es ist wundervoll zu erleben, dass es Menschen gibt, die es gut mit mir meinen und, ohne es zu wissen, meine Wunden heilen. Ich habe das Glück, eine spaßige, wenn auch ein bisschen verrückte, Familie gefunden zu haben. Ich bin dankbar, dass ich ihnen etwas von der Liebe, der Zuneigung und den Gefühlen zurückgeben kann.

Es ist meine Aufgabe, dass sie wieder zu sich selber finden und glücklich werden. Denn auch sie haben eine harte Vergangenheit hinter sich. Deshalb liegt es mir am Herzen, sie glücklich zu sehen. Ich tue alles, was ich kann, um ein Lachen von ihnen zu hören. Selbst wenn ich mich dafür zum Affen machen muss. Was mir, ehrlich gesagt, manchmal nicht schwerfällt. So sieht Verbundenheit aus. Ich würde für die beiden durchs Feuer gehen und sie mit meinem Leben beschützen. Das haben sie verdient!

## Der Vulkanausbruch

Ja, mit den Menschen ist das so eine Sache. Sie sind eine besondere Spezies. Manche Menschen beschäftigen sich mit Dingen, für die wir Hunde überhaupt kein Verständnis haben. Oder besser gesagt, wir sehen keinen Sinn darin.

Ich ging mit Frauchen spazieren. Sie braucht Bewegung und viel frische Luft.

Unter uns, Ihr lieben Hundekumpels: Ist es nicht manchmal schöner, gerade bei schlechtem Wetter gemütlich im Warmen zu liegen, sich zu strecken und einfach das Dach über dem Kopf zu genießen? Hauptsache es ist trocken? Die Menschen „wollen" aber immer raus, bei jedem Wetter, um „ihrem" Bewegungsdrang gerecht zu werden.

Wenn wir Hunde uns dann begegnen und nicht riechen können, gehen wir uns aus dem Weg oder klären die Sache mit einem Wuff. Damit ist alles gesagt. Bei manchen Menschen sieht das leider ganz anders aus.

Wir spazierten an einem Fluss entlang. Ich wie immer an der Leine, ich bin zwar gut erzogen, aber durch meine Vergangenheit auch sehr geprägt. Außerdem ist der Weg sehr schmal und schlängelt sich am Fluss entlang, sodass die Strecke nicht einzusehen ist. Zu allem Überfluss preschen auch noch Fahrradfahrer an uns vorbei. Wir müssen dann teilweise aus Platzgründen ins Gebüsch springen. Rad fahren ist auf dem Weg verboten, aber das interessiert die wenigsten. Alle schimpfen, aber das ändert nichts an der Gefahr, die für uns Hunde und unsere Menschen besteht. Es gab auch die ein oder andere Situation, dass ein Radfahrer mitten durch die Menge raste, um sich dann lauthals zu beschweren, weil er sich in einem wirren Durcheinander von Menschen und Hunden befand. Wer gehört zu wem und wer muss wohin?

Typisch Mensch, mit dem Kopf durch die Wand und alle Regeln in den Wind schießen. Das sollten wir uns einmal erlauben. Dann heißt es immer: Der hat seine Ohren auf Durchzug gestellt. Er hat mal wieder „Bohnen" in den Ohren. Oder: Du hast ja wieder deine Ohren verstopft.

Müssen wir wieder sauber machen.

Oh Neiiiiiiiiin, nicht das schon wieder! Das ist doch so was von ekelig. Die Menschen finden das so was von toll. Ich als Hund habe da eher eine andere Sichtweise. Sollen die Menschen doch in ihren eigenen Ohren herumpulen, wenn's Spaß macht. Wir haben da unsere eigene Methode. Wir kratzen uns genussvoll im Ohr und riechen dann an unseren Pfoten. Das ist Hygiene. Aber jeder hat andere

Vorstellungen. Wir kauen lieber auf einem Stück Pansen herum. Hält die Fliegen ab, schmeckt gut und riecht lecker. Der einzige Nachteil an der Sache ist, wollen wir bei unseren Menschen schmusen gehen, bekommen wir zu hören: „Hau ab, du stinkst." Aber, Frauchen, es war doch soooo lecker und außerdem hast Du eingekauft! Weil du mich doch soooo lieb hast. Dafür will ich mich doch nur bedanken, sollst auch was davon haben. Am Schlimmsten ist der Geruch, wenn ich aufstoßen muss, natürlich in Frauchens Richtung. Weiß überhaupt nicht, was sie hat.

Aber ich schweife schon wieder ab.

Also, wir gingen den Weg am Fluss entlang, und alles schien ruhig. Bis ein großer Hund um die Ecke kam und wie angewurzelt stehen blieb.

Das roch nach Ärger, und mein Instinkt täuschte mich nicht. Auf den kann ich mich immer verlassen. Der Hund war ohne Leine unterwegs. Oh, das gab Streit, ich spürte die angespannte Energie, die in der Luft lag. Kurze Zeit später kam der dazugehörige Mensch um die Ecke und brüllte: „Lassen Sie sofort Ihren Hund los. Den Hund an der Leine zu führen, ist nicht artgerecht und grenzt an Tierquälerei, ich zeige Sie an und schicke Ihnen die Polizei und den Tierschutz auf den Hals. Wenn Sie so ein großes Tier nicht ohne Leine gehändelt bekommen, sollte es Ihnen abgenommen werden."

Mein Frauchen zitterte wie Espenlaub. Sie hatte totale Panik und fühlte sich absolut hilflos. Pah, ich und nicht händelbar! Ich bin zu meiner eigenen Sicherheit an der Leine.

Stellt euch doch nur einmal vor, die wild gewordenen Handfeger auf zwei Rädern kommen hier um die Ecke geschossen. Die nehmen keine Rücksicht, weder auf euch Menschen geschweige denn auf uns Hunde.

Bei meiner Größe würde das schlimme Folgen haben und nicht nur für mich. Außerdem kann mein Frauchen lesen. Am Anfang des Weges steht nicht nur ein Schild „Rad fahren verboten", nein da steht auch: „Hunde bitte an der Leine führen."

Wer lesen kann, ist klar im Vorteil.

Ich verschaffte mir einen Überblick über die Situation. Die anderen waren mir so was von egal, aber um mein Frauchen machte ich mir Sorgen. Sie war total überfordert und durfte sich aus gesundheitlichen Gründen nicht aufregen. Ich spürte ihre Energie und war sofort in Alarmbereitschaft. Wenn Tina doch nur hier wäre, sie hätte die Situation vor Ort geregelt und ihre Mutter vor einem solchen Menschen beschützt. Das Frauchen des anderen Hundes bedrohte mein Frauchen verbal und setzte sie unter psychischen Druck.

So verhalten sich nur Menschen, denn wir Tiere wissen instinktiv, wann es Zeit ist, aufzuhören. Ein kurzes Knurren und die Fronten sind geklärt. Wir treten auch nicht nach, wenn der andere den Rückzug antritt.

Dieses Frauchen allerdings ist im ganzen Revier dafür bekannt, dass sie alles und jeden mobbt. Was für ein armer Mensch und so einsam! Sie hat bestimmt kein schönes Leben. Sie ist der Schrecken jedes Hundehalters. Wer ihr nicht nach dem Mund spricht, wird von ihr fertiggemacht. Es muss auf Dauer anstrengend sein, sich überall und bei jedem so unbeliebt zu machen. Vielleicht gibt ihr das ein Gefühl der Macht.

Na ja, jeder so, wie er es braucht. Manche Menschen sind schon komische Wesen.

Wir gingen nach Hause, und meine Sorge um mein Frauchen nahm zu. Sie steigerte sich immer weiter hinein. Ich bekam mit, dass sie Tina anrief. Zum Glück! Jetzt bekommt sie Hilfe. Ich hörte, wie Frauchen ihr erzählte, was passiert war und dass der Tierschutz kommen würde. „Tina, die wollen mir Dina wegnehmen. Wenn es sein muss mit Polizeigewalt."

Oh Gott, habe ich richtig gehört? Die können mich doch nicht aus meinem Zuhause reißen.

Jetzt war ich an der Reihe, Panik zu bekommen. Tina, tu doch etwas! Das wurde ja immer schlimmer! Tierschutz, Polizei und ich muss weg. Jetzt verstand ich die Panik meines Frauchens. Ich habe doch überhaupt nichts getan, ich will hier nicht weg!

Was will diese Frau überhaupt von uns und warum lässt sie uns nicht in Ruhe? Tinaaaa, du musst uns helfen. Dann hörte ich Tinas Mutter sagen: „Ist gut Kind, ich melde mich direkt bei dir, wenn hier einer vor der Tür steht, und öffne nicht eher, bis du hier bist."

Puh, das war knapp. Auf Tina ist eben Verlass. Sie ist zwar genauso sanft und liebevoll wie Frauchen, aber wehe sie wird gereizt. Dann gehen selbst ihre Mutter und ich in Deckung. Sie beschützt uns wie eine Löwin ihre Jungen.

Es gab keine besonderen Vorkommnisse mehr an diesem Tag. Nach kurzer Zeit beruhigte sich Frauchen zum Glück wieder, und Tina kam auch bald nach Hause. Sie regte sich tierisch darüber auf, was passiert war. „Das hat ein Nachspiel, diese Frau überlegt sich das nächste Mal, wen sie angreift und mobbt." Damit war das Thema vom Tisch. Dachte ich jedenfalls.

Aber da ich Tina inzwischen kenne, war das nur die Ruhe vor dem Sturm. Sie sorgte dafür, dass uns das nicht noch einmal passiert. An ihrem nächsten freien Tag gingen wir spazieren. Wir gingen in Richtung Fluss. Oh nein, das war doch wohl nicht ihr Ernst! Das roch regelrecht nach Ärger. Die Luft war zum Durchschneiden! Von der aufgeladenen Energie, die sich in ihr befand, ganz zu schweigen. Mir schwante nichts Gutes. Es lag Spannung in der Luft, die sich entladen wollte. Oh je, die arme Frau!

Die Energie meines Frauchens war auf dem Nullpunkt angekommen. Sie sagte: „Komm, Tina, lass uns gehen, ich will nicht noch mehr Ärger."

Doch Tina hatte andere Pläne und ging weiter. Mit mir an der Leine. Wie der „Zufall" es so wollte, Zufälle sind das, was einem zufällt, aber nicht zufällig, kam besagte Frau um die Ecke. Sie sah mein Frauchen, sah mich an der Leine und ignorierte Tina total. Falscher Fehler. Tina ist zwar klein, aber selbst ich bin in Deckung gegangen, weil ich wusste, dass es nicht nur heiße Luft war, die Tina abließ. Es waren die Vorboten eines Vulkanausbruchs! Wehe dem, der die Zeichen falsch verstand.

Die Halterin des anderen Hundes erkannte die Gefahr nicht, in der sie schwebte. Ihr Hund war da schon wesentlich schlauer. Er suchte einen Platz weiter entfernt auf. Sie brüllte mein Frauchen an: „Die erste Drohung hat wohl nicht gereicht, der Hund ist immer noch an der Leine. Da muss ich wohl ernst machen."

Die Luft knisterte und war hoch explosiv. Jedes halbwegs intelligente Wesen hätte das gemerkt und das Weite gesucht. Diese Frau aber nicht. Sie war so voller Hass, dass sie nicht mitbekam, was um sie herum geschah. Frauchen legte Tina die Hand auf den Arm und flüsterte: „Sei bitte still, du machst alles nur noch viel schlimmer." Diese Frau hat zwei gravierende Fehler gemacht: Tinas Mutter angebrüllt und ihr dann noch gedroht. Dann sollte Tina auch noch ruhig sein? Das war zu viel!

Eher bekommt man einen Tornado dazu, seine Richtung zu wechseln, als Tina sich in so einem Fall ruhig zu verhalten. Sie hatte den „Kaffee" auf. Durch zusammengebissene Zähne stieß Tina hervor: „Das war die letzte Drohung. Diese Frau muss einer stoppen. Wenn sonst niemand den Mumm in den Knochen hat, mich lernt sie kennen!" So klein, wie Tina war, so groß konnte sie werden, wenn man sie reizte.

Wir gingen alle in Deckung, bis auf eine Ausnahme.

Tinas Gesicht nahm eine ungesunde dunkelrote Farbe an. Dass ihr nicht noch Dampf aus den Ohren kam und sich ihre Schädeldecke hob, war auch alles. Blitze schossen aus ihren Augen. Alarmstufe rot. 1-2-3-Puff. Tinas ganze aufgestaute Energie entlud sich über dieser Frau, die immer noch mein Frauchen anbrüllte. Tina mischte sich ein und wollte wissen, was los war. Sie wurde dann auch angebrüllt, was sie das überhaupt anginge, sie solle sich da heraushalten.

Auweia, wieder falscher Fehler. „Es sind meine Mutter und mein Hund, die Sie hier so anbrüllen, bedrohen, mobben und psychisch fertigmachen wollen. Gnade Ihnen Gott, höre ich noch ein einziges Mal, dass Sie meine Mutter belästigen oder ihr sogar eine Polizeistreife auf den Hals schicken wollen, dann werden Sie von unserem Anwalt hören! Was dann passiert, brauche ich Ihnen ja nicht zu erklären. Da haben Sie ja von anderer Seite schon Erfahrungen mit gemacht. Also ganz vorsichtig! Sie wissen, wovon ich spreche. Wenn Sie meiner Mutter das nächste Mal begegnen, machen Sie einen großen Bogen um sie und lassen sie in Ruhe. Immer schön die Füße stillhalten. Ich kenne viele Leute, und mir kommt auch sehr viel zu Ohren. Ich erfahre alles! Ich wünsche Ihnen noch einen wunderschönen Tag und einen ruhigen Spaziergang!"

Der Frau war alle Farbe aus dem Gesicht gewichen, und sie schnappte nach Luft. Vielleicht wurde ihr bewusst, wie sie sich anderen Menschen gegenüber verhält, und lernte etwas daraus. Jetzt hat sie selber erfahren müssen, wie sich die andere Seite fühlt.

Sie wurde auf einmal total freundlich und wünschte uns auch noch einen schönen Tag. Es kam aber kein „Auf Wiedersehen", darauf verzichtete sie wohlweislich.

Ich saß auf meinem Hinterteil, und Frauchen stand der Mund offen. Tina sagte nur: „Geht doch, muss ich erst schimpfen? Jetzt braucht ihr keine Angst mehr zu haben. Die Fronten sind geklärt."

Wow, was für ein Tag.

Als wir außer Hörweite waren, fragte Frauchen: „Tina, woher hast du das alles gewusst?" „Habe ich nicht, es war reine Intuition. Wenn es hilft, ist alles gut."

Und wie es gewirkt hat! Es ist nur traurig, dass es überhaupt so weit kommen musste. „Unsere Dina nimmt keiner mit, nur über meine Leiche." Nach dem heutigen Tag glaube ich ihr das auch. Wer sie einmal

„richtig" kennengelernt hat, verzichtet freiwillig auf eine zweite Begegnung mit ihr.

Das ist ein Rudel, in dem ich wirklich sicher aufgehoben bin. Jeder steht für jeden ein, und jeder geht für jeden durchs Feuer. Ohne Rücksicht auf die eigene Sicherheit. Vertrauen, Liebe und Geborgenheit sind das Wichtigste im Leben.

## Der erste Kontakt

Die Zeit verging, und ich erlebte sehr viel. Wann immer möglich, nahmen meine beiden Menschen mich mit. Am liebsten bin ich beim Einkaufen dabei. Ich warte geduldig im Auto. Ich weiß ja, dass Tina es liebt, mich zu verwöhnen, und mir immer etwas Leckeres mitbringt. Außer im Sommer. Da muss ich zu Hause bleiben, weil es im Auto zu heiß ist. Dann freue ich mich besonders, wenn die Tür aufgeht. Die beiden sind so damit beschäftigt, das Auto auszuräumen, dass ich in Seelenruhe schon mal die ersten Taschen nach Essbarem durchwühlen kann. Ich finde immer etwas, auch wenn es nicht für mich gedacht ist.

Mit den Jahren habe ich meine Technik Verpackungen aufzureißen sehr verfeinert. Ich bin ein Profi darin. Die Verpackung, die mir widersteht, muss erst noch erfunden werden. Okay zugegeben, ein Dosenöffner ist schon eine tolle Erfindung des Menschen. Denn Dosen widerstehen selbst meinen Zähnen, und die sind wirklich gut. Aber wozu gibt es Frauchen?

Es kommen immer mehr Tüten um die Ecke. Immer rein in die gute Stube, hier ist viiiieeeel Platz.

Mir läuft das Wasser in meiner Schnauze zusammen. Da hat sich das zu Hause bleiben doch gelohnt!

Zuerst habe ich immer Theater gemacht, wenn ich nicht mitdurfte. Da haben sich meine Menschen überlegt, dass Frauchen um das Haus herum geht und da ins Auto steigt, damit ich es nicht mitbekomme, dass sie zusammen wegfahren.

Für wie blöd halten mich die beiden eigentlich?

Die Fenster des Hauses geben den Blick in alle Richtungen frei. Also weiß ich immer, was die beiden gerade vorhaben oder aushecken. Ich lasse sie im Glauben, dass sie mich übertölpelt haben. Menschen sind doch so leicht zufriedenzustellen. Meine Devise lautet: Sei schlau, stell dich dumm! Das zieht immer, ich spreche aus Erfahrung.

Heute war ein Tag, da durfte ich wieder mit. Also ab nach hinten und anschnallen nicht vergessen. Ich legte wie so oft während der Fahrt meinen Kopf auf Tinas Schulter. Wir kamen an einer Blitze vorbei, als Tina sagte: „Wenn es nicht so teuer wäre, dann würde ich zu schnell fahren. Das gibt bestimmt ein schönes Foto von uns Dreien." Die Menschen, die uns in ihrem Auto entgegenkamen, waren wohl der gleichen Meinung, denn sie winkten uns zu und lachten.

Die Straße wurde zweispurig, und Tina wechselte die Fahrbahn. Wir haben ja Zeit. Ich beobachtete die Autos hinter uns, wollte ja schließlich wissen, wer uns folgt, als auf einmal ein Mannschaftswagen der Polizei auf gleicher Höhe fuhr und die Beamten in unser Auto sahen. „Was soll das?", dachte ich mir. Ich finde es äußerst blöd, beobachtet zu werden.

Der Wagen begleitete uns ein ganzes Stück unseres Weges. Was gibt's denn da zu sehen? Das nervte mich total. Polizei hin oder her. Es waren meine Menschen, mein Auto, und schließlich bin ich ein großer Wachhund. Also bellte ich, um sie zu vertreiben. Tina lachte und meinte: „Dina hör sofort damit auf, sonst müssen wir mit auf die Wache. Die wollen bestimmt nur überprüfen, ob du angeschnallt bist."

Durch meine Größe und die Bewegungsfreiheit, die ich durch das Geschirr habe, war das wohl nicht sofort zu erkennen. Na ja, die erledigen auch nur ihren Job.

Einige Tage später fuhren Frauchen und Tina zusammen weg. Da war etwas im Busch. So aufgeregt habe ich Tina selten erlebt. Sie kann es zwar gut verbergen, aber seien wir doch einmal ehrlich, uns kann man nichts vormachen. Dafür sind Tina und ich energetisch und emphatisch zu eng miteinander verbunden.

Jetzt war mein Instinkt gefragt. Nach ein paar Stunden kam Frauchen alleine wieder. Aber wo war Tina, was war passiert? Ich fühlte in Frauchen hinein, bekam aber nur wirre Bilder und Informationen. Von ihrer Seite aus habe ich keine Hilfe zu erwarten. Okay, das muss mit Tina zu tun haben.

Es wurde spät, aber Frauchen machte keine Anstalten, schlafen zu gehen. Tina war schon immer ein Nachtschwärmer. Daran habe ich mich gewöhnt. Aber so spät? Wir haben gespannt auf sie gewartet. Ich hörte den Schlüssel und stürmte freudig zur Tür.

Sie war da. Na endlich, es wurde auch langsam Zeit. Sie waren beide total aufgeregt. „Na, wie war es?", wollte Frauchen wissen. „Ich weiß nicht", antwortete Tina. „Es ist alles so neu und ungewohnt. Die Leute sind alle total nett." „Nun erzähl schon endlich." Ja, ich bin auch schon total gespannt. Meine beiden Menschen waren bei einer Kartenleserin gewesen. Das konnte ich ihrem Gespräch entnehmen. Tina ist eingeladen worden, die heutigen Unterrichtsstunden zu besuchen und hinein zu schnuppern. Sie war total verwirrt, weil sie nicht wusste, was sie da sollte. Kartenlesen, Spiritualität, Hellsehen, Hellfühlen? Okay, mit dem Hellfühlen klappte es bei ihr besser, als ihr lieb war. Aber alles andere?

Tina ging jetzt regelmäßig zum Unterricht und kam öfter als einmal mit verweinten Augen nach Hause. Mein Frauchen war der Meinung, wenn es doch so eine Belastung für sie sei, warum hört sie nicht auf? Aber die Menschen da sind toll, es ist spannend und sie lernt auch viel.

Sie hat sich mit der Zeit sehr verändert. Durch den Unterricht und die Informationen, die ihr „reinkommen", wie sie es immer nennt, ich glaube, die Menschen nennen es „Channeln", wird ihr viel bewusst, und sie bekommt die Möglichkeit, sich den „Geistern der Vergangenheit" zu stellen und sie aufzulösen.

Menschen haben es gut. Sie verstehen sich, wenn sie miteinander kommunizieren. Okay, zugegeben, es geht manchmal auch ganz schön in die Hose, weil sie ganz einfach nicht zuhören oder aneinander vorbei reden. Wenn sie uns doch auch verstehen könnten, wäre vieles einfacher!

Ich habe auch eine Vergangenheit, die mich verfolgt. Aber mit den Jahren wird es einfacher, damit umzugehen, weil ich so viel Schönes erleben darf, das mir die Möglichkeit gibt, meine Vergangenheit verblassen zu lassen.

Ihr könnt das auch erleben! Vorausgesetzt, ihr habt alle so viel Glück wie ich und findet so ein tolles und liebevolles Zuhause.

Es gibt aber leider doch die ein oder andere Situation, die mir meine schlimme Vergangenheit wieder vor Augen führt und mich total verunsichert. Wäre Tina sich doch nur bewusst, dass sie mich verstehen kann. Die Zeit wurde langsam reif, dass sie das spürt.

Eines Abends kam Tina völlig aufgelöst nach Hause. Ich hörte mein Frauchen wieder sagen: „Kind, wenn dich das alles zu sehr belastet, lass es bitte sein. Ich sehe doch, wie sehr du leidest." „Nein, so ist das nicht", erklärte Tina, „aber ich habe heute eine Aufgabe bekommen, die mich fix und fertig machte."

Es ging um eine Katze, die plötzlich unsauber geworden war, und Tina sollte anhand ihrer Karten sehen, welche Probleme sie hat. Es war grausam, was ihr gezeigt wurde. Als die Katze gerade auf der Welt war, musste sie mit ansehen, wie ihre Geschwister ertränkt wurden. Sie wurde in allerletzter Sekunde gerettet. Aber diese Bilder finden sich noch bis heute in ihrem Unterbewusstsein. Sie lebt mit mehreren Katzen in einem Haushalt. Tina sah sie aber immer nur mit einem rot getigerten Kater um die Häuser ziehen. Erstaunlicherweise hatte sie zu dem Kater viel schneller Kontakt.

Ihre Lehrerin konnte mit dieser Aussage überhaupt nichts anfangen. Tina kamen Zweifel. Warum macht sie das Ganze, wenn sie die Informationen, die sie bekommt, falsch interpretiert. Es war einfach zu viel für sie. Tina ging nach langer Überlegung in der darauf folgenden Woche trotzdem wieder zum Unterricht.

Ich wartete gespannt auf ihre Rückkehr. Es ist immer wieder spannend, was sie zu erzählen hat. Sie berichtete ihre Mutter, dass alle Informationen, die sie die Woche davor bekommen hatte, richtig gewesen waren. Sie war wieder total erschüttert. Der Grund, warum Tina so schnell Kontakt zu dem getigerten Kater bekommen hatte, war der, dass der Kater nicht mehr unter uns weilte. So hat sie in dieser Unterrichtsstunde gelernt, den Unterschied zu erkennen, ob sie Kontakt zu einem lebenden oder verstorbenen Tier hat.

Das Thema der Katze, die unsauber geworden war, waren Verlustängste gewesen. Als kleines Kätzchen hatte sie ihre Geschwister verloren und jetzt ihren Partner. Sie fühlte sich verloren und alleine. Ihre Vergangenheit tauchte wieder aus ihrem Unterbewusstsein auf und ließ sie ihr Verlust von damals wieder bewusst werden.

Doch wie sollte die Katze das verarbeiten und wie sich ihrem Frauchen mitteilen? Hallo Mensch, ich habe Probleme, bitte hilf mir, ich komme mit der Situation nicht alleine klar? Das wäre das Einfachste gewesen. Aber ihr Mensch konnte sie nicht verstehen. Also wurde sie unsauber.

Durch ihre Verhaltensauffälligkeiten machen sich Tiere bemerkbar. Das bemerken die Menschen und fangen an, zu überlegen: Was hat mein Tier erlebt, und was ist der Auslöser dieses Verhaltens?

Für uns wurde es eine lange Nacht. Tina hatte noch viel zu berichten, und obwohl mir vor Müdigkeit die Augen zufielen, musste ich doch alles mitbekommen. Schlafen konnte ich später noch.

Auf einmal wurde sie traurig und meinte: „Wäre mir das doch nur früher bewusst gewesen, dass ich das kann. Wie viel Leid hätte ich Dina ersparen können? Alles wäre viel einfacher gewesen."

Meine beiden Menschen haben beschlossen, meine Vergangenheit ruhen zu lassen, und das ist gut so. Ich bin jetzt schließlich schon zehn Jahre alt, und es hätte Tina das Herz zerrissen.

Hallo Menschen, ihr habt ja alle recht, aber wer Tina so gut kennt, wie ich, spürt, dass sie eine Empathin ist und alles, außer ihre Gefühle, unter Kontrolle bringen kann. Das ist ihr Leben und auch ihr Weg. Das macht sie und ihre Arbeit aus. Sie ist authentisch, und die Zeit, in der sie sich verstellen musste, war jetzt endgültig vorbei.

Es war so ein Augenblick, als wir zusammen auf dem Boden saßen, Tina mir liebevoll mein Gesicht und meine Ohren durchwuselte. Sie nahm meinen Kopf zwischen ihre Hände, und wir blickten uns tief in die Augen. Ja, bis auf unsere Seele. Tina flüsterte: „Ach, Mädchen, wenn ich doch nur verstehen könnte." Ich schickte ihr die Worte: „Tina, du kannst mich verstehen." Plötzlich wurden ihre Augen ganz groß, und sie blickte sich verstohlen um, als sie sagte: „Nein, wir sind alleine. Und das habe ich mir jetzt nur eingebildet." Neiiiiiin, Tina, ich bin es wirklich, deine Dina!

Frauchen kam um die Ecke und sah Tina mit ziemlich verwirrtem Gesichtsausdruck auf dem Boden sitzen. „Kind, ist mit dir alles in Ordnung?" wollte sie wissen. „Ja, ja, es ist alles okay." Wer weiß, wie ihre Mutter darauf reagiert hätte, wenn Tina mit der

Wahrheit herausgerückt wäre. „Ja klar, mir geht es gut. Habe mich nur gerade mit unserem Hund unterhalten." Ich glaube, spätestens da hätte sie ihr nahegelegt, den Unterricht abzubrechen.

Tina war den ganzen Tag neben der „Pinne", wie die Menschen einen solchen Zustand beschreiben würden. Sie hat sich die Woche darauf ihrer Lehrerin und deren Partner anvertraut. Die beiden freuten sich und erklärten ihr, dass jetzt der richtige Zeitpunkt gekommen und sie bereit sei.

Aber wofür?

Sie hat durch mich ihren ersten Kontakt zur mentalen Tierkommunikation bekommen. Als Tina abends meinem Frauchen alles ganz aufgeregt erzählte, war ihr Gesichtsausdruck bühnenreif. Ich glaube, wenn Tina ihr erzählt hätte, draußen fliegen rosa Elefanten am Fenster vorbei, hätte das die gleiche verblüffte Reaktion hervorgerufen.

## Mein Abschied

Mit dem Älterwerden kamen die Gebrechen. Das nasse Wetter machte nicht nur Frauchen, sondern auch mir zu schaffen. Ich musste immer öfter und in regelmäßigen Abständen zum Tierarzt. Das war nicht so schlimm für mich, denn ich konnte Auto fahren, und Tina war ja bei mir.

Ich spürte aber, dass Tina sehr traurig und niedergeschlagen war. Ich wurde operiert, und der Tierarzt zeigte Tina das Ergebnis. Ich hatte einen Knoten zwischen meinen Rippen herausgeschnitten bekommen. „Sehen Sie", sagte er, „es ist nur ein Fettknoten gewesen. Der Krebsverdacht hat sich nicht bestätigt."

Tina schloss mich in ihre Arme und weinte herzzerreißend. Der Arzt und mein Frauchen tauschten hinter ihrem Rücken einen Blick aus, und ich wusste Bescheid.

Also doch, es war Krebs und nichts mehr zu machen.

Ich erholte mich schnell, und Tina war überglücklich. Nur war es wirklich richtig, sie zu belügen? Ich fühlte, dass das die ganze Sache nur noch viel schlimmer machte. Ich glaube aber, dass sie es trotzdem gespürt und verdrängt hat. Sie ist wirklich taff und musste in ihrem Leben schon vieles einstecken. Aber das war ein Thema, mit dem sie überhaupt nicht umgehen konnte. Da übernahm ihre Empathie die Kontrolle. Alleine schon der Gedanke, dass meinem Frauchen oder mir etwas zustoßen könnte, trieb ihr die Tränen in die Augen.

Ich musste in immer kürzeren Abständen zum Arzt. Er machte Tina immer wieder Hoffnung, dass die Kontrolltermine nur mit meinem Alter und der Arthrose zu tun hatten. Sie strahlte jedes Mal, wenn wir wieder zum Auto gingen. Ich weiß nicht, ob Frauchen dem Tierarzt gesagt hat, dass er sie nicht einweihen soll.

Aber Leute, der Schuss kann nur nach hinten losgehen! Ihr macht alles nur noch viel, viel schlimmer für Tina. So wird ihr die Möglichkeit genommen, sich mit dem Gedanken auseinanderzusetzen, dass sie mich bald gehen lassen muss. Es wird sie noch härter treffen.

Die Zeit verging, und ich fühlte mich immer unsicherer. Gerade abends im Dunkeln war ich überfordert. Ich konnte meinem Frauchen nicht mehr den Schutz geben, den sie brauchte. Oft schlossen wir uns meinem Kumpel an. Der wohnt direkt nebenan und ist mir ein guter Freund geworden. Er ist ein ganzes Stück kleiner als ich, aber total lieb. Genau wie seine beiden Herrchen. Unsere Menschen verstehen sich auch prima. Zwischen ihnen hat sich eine Freundschaft entwickelt.

Sie bleiben auch öfter an unserem Törchen stehen, um mit meinem Frauchen zu plaudern. Er ist der einzige Hundekumpel, der meine Wohnung betreten darf. Ich habe im Laufe der Jahre gelernt, dass es auch Männer gibt, die Hunde mögen und ihnen nie etwas Schlimmes antun würden.

Während unsere Menschen in ein Gespräch vertieft sind, toben wir rum, was das Zeug hält. Da vergesse ich für kurze Zeit mein Alter und fühle mich wieder jung. Wenn sie dann abends ihre letzte Runde drehen, gehen wir oft mit. Mit seinem Herrchen fühle ich mich sicher. Er kann zur Not eingreifen und mein Frauchen beschützen. Alleine weigere ich mich jetzt, im Dunkeln vor die Tür zu gehen. Dann ruft Frauchen Tina an, und wir gehen gemeinsam spazieren. Die passt auf und beschützt uns beide.

Wir gingen eines Abends raus und waren schon einige Zeit unterwegs, als Tina stehen blieb und meinte: „Hier stimmt etwas nicht. Wir gehen sofort zurück, ganz ruhig und langsam." Tina lernt immer mehr, auf ihren Instinkt und ihre innere Stimme zu hören. Im gleichen Augenblick nahm ich auch schon die Witterung auf.

Ja, sie hatte recht!

Im Dickicht befanden sich Wildschweine, die jederzeit angreifen konnten. Wir waren beide alarmiert und zogen uns alle drei ganz langsam zurück. Frauchen wollte wissen, was los ist und warum wir beide so angespannt waren. Tina war sich nicht ganz sicher, hat sich aber auf ihr Gefühl verlassen und an meiner Reaktion erkannt, dass Gefahr drohte. Sie lag genau richtig. Intuition und Empathie haben sie die richtige Entscheidung treffen lassen, und sie hat die Gefahr, in der wir uns alle drei befunden haben, erkannt. Sie hat ihr „Rudel" richtig geführt.

Die Tage vergingen, und es fiel mir alles immer schwerer. Frauchen erklärte Tina immer wieder, das sei das Alter, was diese aber wenig tröstete. Ob krank oder das Alter, das Ergebnis war das gleiche. Ich erwischte sie immer öfter dabei, dass sie mich traurig ansah und dabei weinte. Es bricht mir das Herz, sie so zu sehen!

Ein Arzttermin stand an. Es war kurz vor Pfingsten. Ich bekam wie üblich meine Spritze, als der Arzt meinte: „Wenn über die Feiertage etwas sein sollte, Sie haben ja meine Nummer." Frauchen und Tina sahen sich merkwürdig an. Was sollte denn sein?

Da Tina mit im Behandlungszimmer war, wollte ihre Mutter auch nicht nachfragen. Aber ich spürte es schon und wollte wissen, wie lange diese beiden Menschen Tina noch belügen wollten. Tina hatte diese Situation schon einmal mit einem Menschen erlebt. Da wurde sie auch nur belogen, und man hat ihr falsche Hoffnungen gemacht. Ihr Zusammenbruch war vorprogrammiert.

Frauchen, das kannst du doch nicht noch einmal zulassen!

Ihre Mutter hat es aber nicht übers Herz gebracht, ihr die Wahrheit zu sagen.

Pfingsten kam, und mir ging es immer schlechter. Frauchen rief Tina an, und sie kam sofort rüber. Es war aber noch zu früh am Morgen, um einen Tierarzt erreichen zu können, und wir mussten warten.

Etwas später hatte im Nachbarort eine Tierärztin Notdienst. Tina rief an und fragte, ob sie vorbeikommen könnte. Nein, weil wir nicht zu ihren Patienten gehören, würde sie nicht kommen. Tina erklärte ihr, dass es mir total schlecht ginge und ich dringend Hilfe benötigte. Die Tierärztin blieb bei ihrer Meinung. Tina regte sich total darüber auf. Sie telefonierte weiter und hatte Erfolg. Es gab doch noch Menschen, denen unser Wohl am Herzen lag.

Wir fuhren schließlich zu einem Tierarzt, der seine Praxis neu eröffnet und ebenfalls Notdienst hatte. Ich wurde untersucht und geröntgt. Tina wurde von Frauchen wieder einmal hinausgeschickt, um etwas aus dem Auto zu holen. Selbst in meinen letzten Stunden wurde ihr die Wahrheit verschwiegen. Ich war voller Krebs, was auf den Röntgenbildern deutlich zu sehen war, und stand kurz vor einem totalen Organversagen. Ich vergiftete mich selber.

Meine Gedanken waren: „Wie soll Tina das nur verkraften, wird sie mich begleiten und bis zum Schluss bei mir bleiben, wird sie die Kraft dafür aufbringen können? Sie ist doch mein Frauchen, meine Vertraute, Seelenverwandte und Freundin. Ich brauche sie gerade jetzt so dringend. Ich habe doch Angst und weiß nicht, was mit mir passiert."

Ich wurde mit Medikamenten versorgt und nach Hause geschickt. Mehr konnte nicht mehr für mich getan werden. Tina blieb die ganze Zeit bei mir und wollte nur nachts zum Schlafen in ihre eigene Wohnung gehen. Mir ging es aber immer schlechter. Ich hörte sie sagen: „Ich bin gleich wieder da." Kurze Zeit später hörte ich zu meiner Erleichterung, dass sie wiederkam. Mit einer schweren Matratze unter ihren kurzen Armen bewaffnet. Sie tut wirklich alles für mich. Sie legte sich mit ihrer Matratze auf den Boden, und ich kuschelte mich ganz nah an sie .

Es ist toll, zu fühlen, wie sehr wir doch miteinander verbunden sind.

Im Laufe der Nacht bekam ich Fieber und suchte die Kühle des Flurs auf. Ich legte mich auf die kalten Kacheln, und die nahmen mir ein bisschen die Hitze aus meinem Körper.

Tina kam direkt mit einer Decke hinterher und legte sich wieder neben mich, wo sie zwischendurch in einen unruhigen Schlaf fiel.

Gegen Morgen versagten meine Organe.

Sobald die Praxis offen war, fuhren wir wieder hin. Ich war zu schwach, um aufzustehen und ins Auto zu klettern. Ich weiß nicht, wo Tina die Kraft hernahm, aber sie hat mich unterstützt und mir geholfen. Tina flüsterte mir ins Ohr: „Komm, mein Mädchen, einmal noch, dann hast du es überstanden." Ich wollte nur noch liegen und dass dieser Zustand aufhörte. Tina unterstützte mich beim Aufstehen. „Komm, meine Süße. Nur noch einmal, dann hast du es geschafft."

Da wussten wir beide, dass das unser Abschied ist. Unsere Seelen hatten sich schon in der Nacht vorerst voneinander verabschiedet.

Es war so weit, und Tina stand kurz vor dem Zusammenbruch. Sie musste sich zusammenreißen, weil ihr ja die Autofahrt noch bevorstand. Egal wie es ihr geht, unsere Sicherheit ist das Wichtigste für sie. Als wir endlich beim Arzt ankamen, durfte Tina bis vor die Tür fahren, und ich wurde hineingetragen. Zum Laufen war ich zu schwach. Ich wurde auf den Tisch gelegt, und Tina brach weinend über mir zusammen. Der Tierarzt hat sie gebeten, sich noch kurze Zeit zu beruhigen. Ich würde alles spüren und hätte sonst Angst. Die Verbindung, die wir haben, lässt mich ihre Gefühle wahrnehmen.

Dieser Arzt hat wirklich Einfühlungsvermögen und sehr viel Fingerspitzengefühl. Für uns Tiere, aber auch für die Menschen, die mit uns zu ihm kommen. Tina hat den richtigen Menschen für meinen letzten

Weg ausgesucht. Bei ihm finden auch sie und Frauchen Hilfe und Unterstützung.

Das war es also, es wurde Zeit für mich. Ich musste gehen und die beiden Menschen, die mir so am Herzen liegen, verlassen. Tina beugte sich wieder über mich, und ich spürte sofort ihre veränderte Energie. Sie gab mir Halt und Kraft. Ihre Liebe und ihre Hingabe gaben mir den Mut, diesen, meinen letzten, Weg zu gehen.

Ich bekam eine Spritze und schlief friedlich ein.

Doch mit dem Gefühl, zwei geliebte Menschen zurücklassen zu müssen. Ich hatte ein tolles Leben an eurer Seite und durfte eure Liebe, euer Vertrauen und euren Schutz genießen. Ihr habt mir gezeigt, dass es wundervoll sein kann, mit Menschen zusammen zu leben.

Wir werden uns wiedersehen. Ich freue mich schon darauf.

Habt Dank für die schöne Zeit auf Erden.

Lebt wohl,
Eure Dina

Das ist meine Geschichte.

## Danksagung

Mein herzlicher Dank gilt all den lieben Menschen, die mich auf meinem Weg begleitet haben. Die an mich glaubten und mir Kraft gaben, weiterzumachen, als ich mehr als bereit war, aufzugeben. Sie machten mir Mut und gaben mir wieder Hoffnung. Sie standen mir mit Rat und Tat zur Seite. Ohne ihren stetigen Einsatz und ihre Unterstützung wäre dieses wundervolle Buch nicht entstanden.

Die Erfahrungen, die ich mit und durch Euch machen durfte, machten mir dies möglich.

Ich würde mich sehr darüber freuen, wenn diese lieben Menschen mich weiterhin auf meinem Weg begleiten.

Vielen Dank von mir

und

ein liebevolles Wuff von Dina

## Über die Federführerin

In Bonn geboren und in Russland und Wien aufgewachsen hat sie eine Ausbildung zur Floristin abgeschlossen. Zurück in Deutschland arbeitet sie bis heute in diesem Beruf.

Die Liebe zu den Tieren und der Natur brachte ihre Gabe, die ihr schon in die Wiege gelegt worden war, zum Tragen. Schon während der Ausbildung zur spirituellen Kartenleserin und Geistheilerin legte sie ihr Augenmerk auch auf die Tiere.

Als Medium, Empathin, Geistheilerin, spirituelle Kartenleserin und mentale Tierkommunikatorin arbeitet sie in Sinzig, wo sie sesshaft geworden ist, ihre Heimat gefunden hat und sich endlich zu Hause fühlt.

Sie sieht eine ihrer Aufgaben darin, den Menschen die Verbindung zu den Tieren wieder näherzubringen, sie verstehen zu lassen, wie viel sie von den Tieren lernen können. Von jenen, die auf der Erde verweilen, um die Menschen zu unterstützen und ihnen zu zeigen, wie sie wieder zu sich selbst finden können.

www.heilerin-wissen.de